# FINE DAYS

本多孝好

角川文庫 17923

目　次

# FINE DAYS

教室で一人、僕は頰杖《ほおづえ》をついていた。机の上の原稿用紙はまだひとマスも埋まっていなかった。それを埋める意思が自分にあるかどうかすら怪しかった。暮れかかった空には不満そうな顔をした鰯雲《いわしぐも》が流れていた。練習が終わるのだろう。開け放した窓からグラウンドを走る野球部員の掛け声が聞こえてきた。

いち、に。いち、に。いち、に。いち、に。おぇーす。

僕はそれに、さん、し、と小さく付け足した。

いち、に、さん、し。いち、に、さん、し。おぇーす。

木曜日の放課後。陰気な教室。坊主頭たちとの一方的な連帯感。

不意に教室のドアががらりと開けられ、僕は何度目かの「さん、し」を飲み込んだ。

僕はその子の登場に驚いたが、彼女は僕がいることに驚いてはいないようだった。軽く会釈をするように頭を下げられ、僕も頭を下げ返した。

見覚えのない子だった。黒い髪と細い首と無表情な目をしていた。あまりに整い過ぎた顔立ちのせいだろう。学校の制服で教室にいることが不自然に見えた。ブランドの服でグラビアの中にいてくれたほうが、はるかに自然に見えたかもしれない。

「ええと、何?」と僕は聞いた。

「反省文です」とその女の子は言った。「書けって言われたんです。ここでもう一人書いている人がいるから、一緒に書けって」

「ああ」と僕は言って、聞いた。「何をしたの？」

「大したことじゃないです」と彼女は言って、ドアから一番近い席に腰を下ろした。

「大したことじゃない、どんなこと？」

僕は聞いた。クラス委員タイプに見えるその子が、どうして放課後に居残りをさせられる羽目になったのか、興味があったのだ。彼女は僕を振り返った。

「先生を叩《たた》いたんです」

「なるほど。それは大したことじゃない」

僕は笑いかけたのだが、彼女は机に向き直ってしまった。原稿用紙を広げると、シャーペンを手にして、早速反省文を書き始めた。かりかりという音が教室に響いた。それはまるで暗記した文章をそのままなぞっているような書き方だった。考えることも、迷うこともなかった。時折、腕を伸ばしたり、首を回したりするときをのぞけば、彼女の手は止まることなく滑らかに動いた。

どうにも相手をしてくれそうにないと諦《あきら》めた僕は、彼女のかりかりという音に合わせて、五十音を書くことにした。

あいうえおかきくけこさしすせそたちつてと……

一回りしても彼女の手は止まらなかった。で、僕はまた最初から始めた。

あいうえおかきくけこさしすせそたちつてと……

いつのまにか坊主頭たちのランニングは終わっていた。彼女のシャーペンが出すかりかりという音と、僕のシャーペンが出すこりこりという音だけが教室に響いた。

かりかり。こりこり。

木曜日の放課後。原稿用紙を埋めていく無意味な平仮名。名前も知らない女の子との一方的な連帯感。

三回りと半分ほどを書き、さすがに馬鹿馬鹿しくなって僕は手を止めた。

「ねえ、叩いたって、誰を叩いたの？」

彼女は答えなかった。ものすごく反省しているのかもしれない。一心に反省文を書いていた。

かりかり。かりかり。

「ゲンコ？　それともビンタ？」

かりかり。かりかり。

「君、何年？　三年じゃないよね？」

かりかり。かりかり。

「部活とか入ってるの？」

かりかり。かりかり。

「髪の毛、奇麗だね」

かり。かりかり。

「ほら、女の子ってやたらと染めたりするだろ？　あれ、俺、嫌いでさ。きっと幼児体験のせいだね。初恋の女の子がすごく奇麗な髪の毛をしてたんだ」

かりかり。かりかり。

「幼稚園の同級生で、顔も名前も忘れちゃったけど、髪の毛だけは覚えてるんだ。肩のずっと下、腰の辺りまであってさ。日に当たると白いラインができて、すごく奇麗だったんだ。だから、俺は彼女に恋をしたんじゃなくて、彼女の髪の毛に恋をしたんだろうな。変な初恋だろ？」

かりかり。かりかり。

僕は彼女に話しかけるのを諦め、幼稚園の同級生の顔を思い出そうとした。が、無理だった。たぶん、町ですれ違っても僕は彼女に気づきもしないのだろう。実際にそういうことだって、何度もあったのかもしれない。そう思うと、少し悲しかった。

先生がやってきたのは六時少し前だった。文を書かせて反省を促すのが趣旨ではなく、居残りという罰を与えるのが第一の目的だったのだろう。そのころにはさすがに彼女の反省文もできあがっていたらしく、かりかりという音はやんでいた。

「書けたか？」

やってきたのは僕に反省文を命じた体育教師ではなく、僕のクラス担任の蕪木《かぶらぎ》だった。授業に対するやる気のなさと生徒に対する諦めの良さで、生徒からは評判のいい教師だった。

僕は五十音で埋まっていた原稿用紙をひっくり返し、裏に『反省文』というタイトルをつけて、「すごくしてます」と書いた。それだけではいくら何でも愛想がないような気がして、少し考え、付け足した。「本当です」

僕がそれを持っていくと、蕪木は呆《あき》れた顔をした。次に彼女が持ってきた原稿用紙に目を落とし、今度は深いため息をついた。

「反省文を書けって言われたんだろ？」

「ええ」と僕は言った。

「はい」と彼女も頷《うなず》いた。

「お前、これが反省文か？　これが？」

蕪木は僕に向かって、僕の書いた原稿用紙をひらひらと振ってみせた。

「それから、君も」と蕪木は言い、彼女の書いた反省文のタイトルを読み上げた。「終身雇用制度の崩壊後における高校教育のあり方について」

蕪木はまた深いため息をついた。彼女は相変わらず無表情な目で蕪木を眺めていた。

「なあ、誰が論文書けって言ったの。反省文じゃないでしょ。これじゃ」

「思っていることを素直に書けと言われたから書きました」と彼女は言った。

「その通りです」と僕も言った。

「はい、はい。結構です。わかりましたよ」と蕪木は言って、面倒臭そうに手を振った。

「もういいよ。帰れよ。だけど、二度とするなよ」

「それはわかりません」

彼女が言い、蕪木が片方の眉《まゆ》だけを上げた。

「もう一度同じことをされたら、もう一度同じことをします」

「同じこと?」

彼女があまりにもきっぱりと開き直ったことで不安になったらしい。蕪木は少しトーンを落として聞いた。

「いや、俺、事情をあんまり聞いてないんだけど、何かされたの?」

「すけべな中年教師にお尻《しり》でも触られた?」と僕は聞いた。

「とても失礼なことを言われました」

僕を無視し、蕪木を真っ直ぐに見て彼女は言った。

「でも、叩くっていうのはなあ」と蕪木は言った。

「叩いたことを責めないでください」と彼女は凜《りん》とした声で言った。「不意をついて階段から突き落としてもよかったし、家に火をつけてもよかったんです。そうしなかったことを、むしろ褒めてもらいたいくらいです」

「素晴らしい」と僕は言って、彼女に握手を求めた。「僕と一緒に地下にもぐって、体制と戦わないか?」

彼女は僕の右手を無視した。蕪木は僕の頭をはたいた。

「もう、いいですか?」と彼女は言った。

「あ、まあ、な。うん。もう遅いし」と蕪木は言った。

「そうですか。それじゃ、さようなら」

彼女は蕪木に頭を下げると、机にあった鞄《かばん》を持って、ドアを開けた。そこで少し迷うように一拍置いてから、僕を振り返った。

「叩いたのは、私の担任の三宅《みやけ》先生です。ゲンコじゃなくてビンタです。私は二年生で、クラブには入ってません。髪の毛のことはありがとうございます。それから、そういう初恋も素敵だと思います」

恐ろしく機械的にそれだけを言うと、彼女はもう一度頭を下げて、教室を出ていった。ふわりと揺れた黒い髪がドアの向こうへ消えて、教室が少し暗くなった気がした。僕と蕪木は引き上げるタイミングを間違えて舞台に取り残された間抜けな二人の端役みたいだった。

「髪の毛? 初恋?」

彼女が出ていったドアから僕に目を移して、蕪木が言った。

「何の話だ?」

「何でもないですよ」

彼女の残した空気を深く吸って僕は言った。

「薄汚れた中年には聞かせたくない話です」

燕木はもう一度僕の頭をはたいた。

どこかで見たことがあるような雲だった。厚く丸みを帯びた、グラマラスな雲だった。

「やあ」と僕は声をかけてみた。「ところで、どこかで会ったことなかった？」

彼女は答えなかった。中学生のナンパみたいだったと僕は反省した。

「そういうつもりじゃなかったんだけどさ」と僕は言い訳した。「いいんだ。また今度どこかで会おう」

「独り言？　気色悪いよ」

寝転んでいた僕の足のほうから声がした。声の主は近づいてきて、僕の頭の横に立った。おかげでただでさえ短いスカートの中が丸見えになったけれど、彼女は気にしなかったし、僕だって大して気にしたわけじゃない。こういうものは覗《のぞ》き見る行為そのものに喜びがあるのだ。見せつけられたって、嬉《うれ》しくも何ともない。そもそもそのスカートから伸びる二本の足は、細いけれど筋肉質で、色気を感じさせる前に迫力を感じさせた。

「よお」と僕は黒いパンツに言った。

「昨日、また見つかったんだって？」

安井《やすい》はしゃがんで、僕の顔を見下ろした。隣のクラスにいる生粋の不良っ子で、一年のとき以来、昼休みの屋上を喫煙所に使っている喫煙仲間だった。

「うん。反省文書かされた」

「何て？」

「すごくしてますって」

「シンプルね」

　僕の隣に並んで寝転ぶと、安井はどこからか煙草を取り出して火をつけた。二年の夏以来、何度かともに禁煙を誓ってみたものの、いつもどちらかが挫折《ざせつ》し、どちらかが挫折したことを言い訳に他方も挫折し、という繰り返しで、結局、僕らは三年になるまで禁煙できずにいた。

「時々、あんたがわからなくなるよ」

　吐き出した煙を風に乗せて、安井が言った。

「学校で煙草を吸うことと、反省文を書けって言われて素直に書くこととは私の中では両立しない」

「そう？」

「うん」

　そう言われて僕は、しばらくそのことについて考えた。

「未成年が煙草を吸っちゃいけないのは体に悪いからだって言われる。でも、それは嘘だ。日本において自傷行為は基本的に罰せられることはない。もっと体に悪いことをしても、たとえば自分の手首を切ったりしても、そのこと自体で罰せられることはない。では、なぜ煙草を吸ってはいけないのか。それは単純に社会秩序の問題だ。未成年があっちでもこっちでもぷかぷか煙草を吸っているような社会は嫌だ、という社会全体の意思表示だ。つまり、この社会で培ってきた常識から考えるなら喫煙は罪悪には当たらない。だから、吸いたければ吸う。けれど、社会の意思に添えないことは、その社会の一員である礼儀として隠れてやるべきだと思う。見つかったら謝るべきだし、罰を科せられるというなら甘んじて受けるべきだと思う。たとえばそういうことかな」

「わかるようなわからんような」

「そう？」

「あんたが私より難しい世界に住んでるってことはわかるけどね」

安井は笑って、話題を変えた。

「そういえば、昨日、もう一人いたでしょ。反省文仲間」

「うん。何でもニヤケを叩《たた》いたとか」

「そう。凄《すご》かったらしいよ。クラス全員が見ている前で、こう、ぴしゃっと」

目の前で空を払い、安井は気持ち良さそうに笑った。

「ニヤケもカッコつかなかったろうね」

「ニヤケなら大丈夫だ。あいつは二年前、新入生の女の子にもっとひどいことをされてる」

僕が言うと、安井の笑い声が高くなった。二年と少し前の入学式、安井はニヤケの顎《あご》に華麗な左フックを決めて、全校生徒の前で気絶させている。早いうちに教師の威厳を刷り込ませておこうと、その年の新入生の中で一番反抗的に見えた女の子の髪をわしづかみにし、「学校を舐《な》めるな」と嘯《うそぶ》いたその気概は買うし、言い分としてもそれほど間違ってはいないと思う。ただ、そこまで教師魂を燃やしたいのなら、中学時代、それまでその学校にはなかったボクシング部を創設し、三年のときには五十人を超える男子生徒を従えていた市立蓮見台《はすみだい》中学校初代拳闘《けんとう》部部長が目の前の女の子だということくらいは、事前に調べておくべきだった。

「そういう星の下に生まれたんだろ」と僕は言った。「それぞれに背負った運命って、あるんだよ」

「確かにあれは殴りたくなる顔してるよね」と安井は頷《うなず》いた。「首が細い。顎が弱そう」

「まあ、あの子がそこまで専門的なことを考えたかどうかはわからないけど」と言って、僕は聞いた。「知ってる子？」

「知らないのは、学校中であんたぐらいよ」と安井は顔をしかめた。「先月、転校してきた二年生。やってきたその日から盛りのついたオスどもがキャンキャン騒いでる」

「まあ、奇麗な子だしな」と僕は言った。

「へえ。あんたの好みは、ああいうのだったんだ」

「奇麗だって言っただけだ。好みだとは言ってない」

「高校三年のオスにとって、それって同じ意味じゃない？」

「高校三年のオスにとってなら、奇麗だってブスだって、そこに穴さえあれば同じ意味だ」

　僕がそう言うと、安井は容赦なく笑った。

「童貞が何を偉そうに」

　安井が男を知っているのかどうか、僕は知らない。そういう話をしたこともないし、どう聞いていいのかもわからない。夜毎、派手な格好をして遊び歩いているのだから、まさか処女ということもないように思うけれど、男に抱かれている安井の姿というものを僕はどうしても思い浮かべられない。決してブスではない。角度によってははっとするくらいの美人でもある。ただ、彼女と裸で肌を合わせるのは、僕には怖い。理由なんてない。ただ怖いのだ。もし彼女が男と寝ているのだとしたら、それはきっとずっと年上の、しかもかなりひねくれた男だろうと僕は勝手に想像している。

「それほど暴力的な子にも見えなかったけど、何があったんだ？」

「父親の悪口を言われたらしいよ」

「父親の悪口？」

「彼女の父親の話。聞いてない？」

「いや」

「彼女の父親ね、もともと鎌倉《かまくら》の由緒ある寺の住職だったんだけど、才能があり過ぎたのかね。独自に信者を集めるようになっちゃって、最初は仏教の勉強会みたいな集まりだったのが、ちょっとした新興宗教みたいになっちゃったらしいのよ。まあ、人が集まれば、お金も集まるんでしょうよ。半年ほど前に脱税で捕まっちゃって、ニュースにもなったらしい。それで前の町に居づらくなって、母親に連れられてこっちに引っ越してきたらしいよ」

さすがに学校の女子生徒の頂点に君臨しているだけあって、安井のもとには色んな情報が集まってくる。

「そのことでニヤケに嫌味を言われたらしいのよ。お前はお父さんが神様だから、お前も将来神様になるのか。なるならなったっていいけど、うちの学校で信者を集めるのはやめてくれよ。うちは援助交際と宗教活動は禁止してるんだ」

ニヤケの口調を真似て言い、安井は笑った。

「ニヤケのことだから、いつもみたいににやにや笑いながらさ、嫌らしく腰をくねらせて言ったんでしょうよ。私なら殺してるね」

「彼女もそう言ってたよ。叩いたことを責める前に、叩くだけですませたことを褒めてくれって」

安井は空に向かって、からからと笑った。

「それにしても、相変わらずデリカシーのない男だ」

「ニヤケがそんなこと言い出したきっかけが何だったのかまでは聞いてないけど、まあ、教師のほうも彼女には神経を尖《とが》らせてるみたいだね」

「親が脱税したくらいで、生徒を差別するなよな」

「そうじゃなくて」と安井は言った。「前の学校で、あの子、人を殺したらしいのよ」

僕は安井の顔を見返した。それは頓知《とんち》や冗談の類《たぐい》ではないらしい。安井の顔に取り立ててオチを用意している風もなかった。転校生はいつだって伝説とともに現れる。

「それは凄い」と僕は言った。「そういえば、前の転校生は、学校中の男とやりまくった挙句、そのときにできた子供を堕《お》ろして、学校にいられなくなったとかいう噂だったよな。二組の永井《ながい》っていったっけ？　でも、実際には永井自身は三組の荻原《おぎわら》とやるまでは処女で、相手構わずやりまくってたのは彼女の家の猫だった」

「あれは、まあ、デマだったね」

「その前のは、二年の村野《むらの》か。ヤク中で、薬を買う金欲しさに盗みを繰り返してたとかだったか。でも、実際には、薬屋でリポビタンDを万引きしたところを捕まったってだけだったよな」

「まあ、あれもデマだったかな」

安井は指先で髪を掻《か》いて笑った。

「日本は法治国家だ。いくら未成年だからって、人を殺した人間がそう簡単に表を出歩いているわけがない。どうせ、その子の話も、元を辿《たど》れば、近所の野良犬をいじめてたとか、そんな話じゃないのか？」

「まあ、詳しいことまでは私も聞いてないけどね。何か、前の学校で、あの子にまとわりついていた男が自殺したらしいのよ」

「あれだけ奇麗な子なら、気を寄せる男はいくらだっているだろうし、突き放されれば死にたくなる男だって中にはいるだろう。そんなの彼女のせいじゃないだろ？」

「まあ、ねえ。彼女のせいじゃないっていえば、彼女のせいじゃないけどね。二年に上がるまでの間で四人も死ねば、悪く言われるのも仕方ないでしょうよ」

「四人？」

「その四人が四人とも同じ経緯を辿ったらしいのよ。最初は彼女に告白して、振られて、それからしばらくストーカーみたいにまとわりついて、嫌がらせをして、それがエスカレートしたところで、学校の屋上から飛び降りた。そのうち何度かは、そのとき彼女が一緒に屋上にいたっていう目撃証言が出たらしいよ」

「本当に彼女が殺したなら、とっくに捕まってるだろう？」

「まあ、ねえ。警察でも調べただろうしね。でも、四人とも同じ死に方をするなんて、かなり異常でしょう？　だから、前の学校では、彼女が呪い殺したってことになっていたらしいよ。あの子に恨まれるとたたりがあるって」

「たたりねえ」

「ニヤケにも何もなければいいけどね」

「あいつは少しくらいいたたられたほうがいい」

うん？

声に安井を見ると、安井は寝転んだまま首を持ち上げて、足のほうを見ていた。僕もそちらを見た。神部《かんべ》が立っていた。同じクラスにいる生粋のいじめられっ子で、二年まではひどいいじめにあっていたが、三年から席が前後になったのを縁に僕と話すようになり、嵐のようないじめが凪《な》いだ。もちろん、いじめっ子たちが遠慮したのは僕にではなく、安井にだった。僕と安井は仲が良くて、安井は学校中の女子生徒の頂点に君臨していて、高校生の男の子は女の子に嫌われるようなことはなるべくしないという習性を持っている。ましてや敵に回すようなことなど死んでもしない。僕と安井との間に、同じ中学にいたという以外の共通点が見つからないことも彼らを不安にさせたようだ。一部では、僕と安井は「できて」いることになっているらしい。

「ごめん」と神部はまず謝った。

「何?」と僕が聞いた。

「安井さん」と神部は言った。

「何?」と安井が言った。

「パンツ」と神部は言った。

神部の会話は、大体が単語ですまされてしまう。本人はそれで言い切ったつもりなのだから困る。あとは聞く側が勝手に想像するしかない。もっとも、僕も安井も慣れていたので、「ごめん、パンツ、見えちゃった」の「見えちゃった」が省略されていることくらいはすぐにわかった。

「いいよ、別に。何なら脱ごうか?」と安井が言った。

いやあ、とか何とか口の中でもごもご言うと、神部は僕の隣にきて腰を下ろした。昼休みに神部がわざわざ屋上にやってきたのだから、僕か安井かその両方かに話があったのだろう。けれど、神部には話を切り出す風もなければ、そのきっかけに迷っている風もなかった。ただ僕の隣で膝《ひざ》を抱え、真っ直ぐに前を見て、手すりの向こうにある住宅街か、その向こうに顔を覗《のぞ》かせている駅ビルかを眺めているだけだった。

「何？」と僕はまた聞いた。

「昨日」と神部は言った。

昨日、放課後に居残りさせられたって？

「うん。まずった」と僕は言った。

「いや。一緒に」と神部は言った。

昨日、一緒に居残りさせられてた女の子がいただろ？

そっちの話か。

「うん。二年の転入生だって。知ってた？」

「朝の電車」

朝の電車で何度か見かけたことがある、かな？

「ああ、そう」

「何よ。神部くんも惚《ほ》れたの？」と安井が言った。

「も？」と神部が言った。

安井が黙って僕を見た。

「も？」と神部が僕に聞いた。

「誤解だよ」と僕は言った。

神部は頷《うなず》いた。

「それで？」と僕は聞いた。

「モデル」

これは中々難解だった。僕は神部の顔を見た。神部はさっきと変わらず真っ直ぐに前を見ていたけれど、その頰が微《かす》かに赤くなっていた。照れているらしい。

その子にモデルになってくれるように頼んでくれないかな、かな？

別に美術部にいるわけでもないけれど、神部は絵を描《か》くことが好きで、僕と神部が話すようになったのもそれがきっかけだった。数学の授業中、プリントを前から後ろへと回すときに振り向くと、神部のノートに絵が描いてあった。不思議な絵だった。幾何学的な図形の中に写実的な人物が描かれていた。よくよく見てみれば、その幾何学的な図形の一部は、黒板に描かれている二次関数のグラフで、どうやら黒板のグラフをノートに写しているうちに興がのって絵を描き始めたらしい。

ダリみたいだな、と僕は何の気なしに言った。別に深い意味はなかった。ダリの絵に詳しかったわけでもない。そんな連想をしたのは、たぶん、その日、学校にくる電車の中でダリの美術展をやっているという美術館の中吊《なかづ》り広告を見たせいだろう。その広告にあったダリの絵の「へんてこ」さと、そのノートの絵の「へんてこ」さには何かしら共通点があるように思えたのだ。

神部がはっとしたように顔を上げた。僕は神部が怒ったのかと思った。が、次の瞬間、神部はこちらが面食らうくらいの熱心さでダリを称《たた》え始めた。授業中であることを忘れたように、口の端に泡を作りながら単語を並べ続ける同級生の顔を僕はほとんど感心して眺めていた。自分の一喝にも憑《つ》かれたように言葉を止めない生徒と、その生徒が話している相手とに数学の教師は激怒し、僕らは並んで廊下に立つ羽目になった。廊下に立たされても、神部はまだダリを称えていた。翌日、学校にくると、僕の机の上にダリの画集があった。後ろの席の神部を見遣《や》ると、神部は顔を上げて、「すごい」と一言言った。それから少し言葉を考え、結局同じ言葉を繰り返した。「すごい」。ヌード写真を見せる小学生みたいだった。少し自慢げで、少し恥ずかしそうで、どこかに罪の匂いがあった。変な奴だな、と僕は思った。それから僕らは何となく言葉を交わすようになり、それから何週間かのちには神部へのいじめがやんでいた。

「駄目だ」と僕は言った。

神部が僕を見た。

「動機が不純だ。でなけりゃ、手段が姑息《こそく》だ。気があるのなら、はっきりそう言えばいい。絵をだしにして、モデルになってくれなんて、やり方がせこい。芸術をそういうことに使っちゃいけない。魂が汚れる。ダリだってきっとそう言う」

神部が膝を抱えたまま体を揺らし始めた。自分の意にそぐわないことが起きると、神部はこうなる。それが進むと、ううという低い唸《うな》り声を上げ始め、さらに進むと唸り声を上げたまま両手を振り回し始め、それも行きつくと、電池が切れたようにぴたりと動かなくなる。こうなると、蹴《け》られても小突かれても腕ひしぎ逆十字を決められても神部の体はぴくりとも動かなくなる。そんな神部の反応がいじめっ子たちの嗜虐《しぎゃく》心をそそっていたことに、神部自身は気づいているのかどうか。

「いいじゃない？　口きいてやれば」

安井が言って、神部の揺れが止まった。

「神部くんだって、直接は言い難《にく》いでしょ。ラブレターだって、直接は渡し難いことって、あるじゃない」

校長も番長も応援団長も呼び捨てにする安井も、神部にだけは「くん」をつける。それはきっと、神部に向けたものではなくて、その会話を聞いている誰かに聞かせるためのものではないかと僕は思っている。私と神部くんとは友達だ。だから、神部くんをいじめるのならそれなりの覚悟はしておけよ、と。そういう安井らしいひねくれた優しさの表れではないかと思っているが、本人に確認したことはない。考えてみれば、僕にも「くん」をつけない安井も、なぜだか僕が飼っているダックスフントには「くん」をつける。だから、本当はそこに深い意味なんてないのかもしれない。

「きいてやればって、俺だって、あの子と親しいわけじゃないぞ。昨日、たまたま二時間かそこら一緒にいたってだけで」

「だったら向こうだって顔くらいは覚えてるでしょ」

神部は神の言葉を賜る預言者のように酔ったような視線でポーッと安井を見て、その視線のままポーッと僕を見た。

「だって、なあ、それじゃあ」と僕は抵抗を試みた。「神部が振られて、ストーカーになって、たたられてもいいのかよ」

「神部くんは恋をしたいんじゃなくて、彼女をモデルに絵を描きたいだけでしょ？」

安井に聞かれ、神部は小刻みに三回頷いた。

「高校三年生のオスにとって、それって同じ意味だと思う」と僕は言った。

「あんたと神部くんとじゃ違うわよ」

「差別だ」

「区別よ。それともあんた」と安井は意地悪そうな目で聞いた。「やっぱその子に気があるから、神部くんと仲良くして欲しくない？」

「そういうことじゃなくて」

「だったらいいじゃない。ねえ？」

神部はまた小刻みに三回頷いて、今度はジトッとした目で僕を見た。昼休みの終わりを告げるチャイムが鳴り、次が数学の授業だと思い出し、僕は急に何もかもが面倒になった。

「わかったよ」と言って、僕は腰を上げた。「だけど、断られても、俺を恨むなよ。体を揺するなよ。うう、うう、唸るなよ。お前をあっちの世界からこっちの世界に連れ戻すの、結構大変なんだからな」

神部がまた小刻みに三回頷いた。

神部がいつも使っているのは、僕が使っているのより二十分も早い電車だった。その電車に乗るために、僕はいつもより一時間も早く起きて、いったん学校とは逆にある神部の使う駅まで行き、そこで神部と待ち合わせて、神部がいつも乗るという車両に乗った。神部によれば、同じ車両に毎朝彼女が乗ってくるという。だったら、その電車に間違いなく乗るから、電車の中で待ち合わせよう、と僕は主張したのだが、神部は頑として譲らなかった。学年で三本の指に入る僕の遅刻日数の多さについては、神部のほうも承知しているらしい。

朝の通学時間でも下りの電車はすいていた。彼女が乗ってきたのは、僕がいつも使う駅の隣の駅だった。ふわりとそちらから流れてきた風に目を向けると、そこに彼女がいた。近くにいた乗客たちが申し合わせたように彼女を見た。しばらく彼女に見惚《みと》れ、それからまた申し合わせたように目を逸《そ》らした。そう思って見てみれば、心なしかその車両は他の車両より乗客が多いように見えた。毎朝のひとときの楽しみとして、その車両に乗っている人もいるのかもしれない。確かにそれだけの価値はある。

神部にジトッと見られ、僕は隣のドアの脇に立って文庫本を読み始めた彼女のもとへと歩いていった。神部も後ろからついてきた。僕らが前に立ったことに彼女は気づかなかったようだ。彼女の細い指がページをめくった。その表紙を下から覗《のぞ》いて、僕はため息をつきそうになった。いくら電車の中で何を読もうが個人の勝手だといったところで、何も高校生の女の子が、朝っぱらから、わざわざ芥川《あくたがわ》を読むことはないと思う。萎《な》えそうになった僕を隣にいた神部が肘《ひじ》でつついた。

「もうじき学校だから、その本はしまったほうがいい」

僕は彼女に声をかけた。彼女は本から顔を上げて僕を眺め、やがてああというような表情を見せた。僕を覚えていたことに神部はほっとしたようだが、顔を見てから認知するまでにしばらくの時間が必要だったことに僕は少し傷ついた。

「そんな本を読んでるところを見つかったら、また居残りで反省文を書かされる」

彼女は読んでいたページに指を挟んで、わけがわからないというような顔で僕を見た。

「知らないのか？　青少年に有害だからって、芥川の本は発禁になったんだ。前の国会で可決された。俺だってそう思う。芥川なんて体に悪い」

相手をするべきかどうかしばらく考え、一応、相手をしてくれることにしたようだ。彼女は読んでいたところにしおりを挟むと、本を鞄《かばん》の中にしまった。

「ちょうど私もそう思ってたところです」と彼女は言った。

「え？」と僕は聞き返した。

「体に悪そうな本だって」

どうやら冗談を言ってくれたらしい。つきかけた火が消えないように、控え目さに気をつけながら僕は丁寧に笑った。少し遅れて、神部も僕より少し大袈裟《おおげさ》に笑った。

「家、こっちなんだ」と僕は言った。

「ええ」と彼女は頷《うなず》き、乗ってきた駅の名前を挙げた。

「それじゃ近所だ」と言って、僕は自分が使う駅の名前を挙げた。

「それなら近所ってほどでもないです」と彼女が言った。

「近所だよ。犬の散歩で、よくそっちまで行く」

「犬の散歩？」

「うちのダックスフントは健脚なんだ。毎日、三キロは歩かないと拗《す》ねる。足元によってきて、じっと見上げられるとやり切れなくなるから、雨の日も風の日も散歩する」

「そうですか」

僕らの立っていた側のドアが開き、乗ってくる人たちのために僕は彼女のほうへ体を寄せた。鼻をくすぐったシャンプーの匂いが、変に僕を緊張させた。ドアが閉まり、また電車が動き出し、僕らの間には途切れた会話が中途半端にぶら下がっていた。せっかくつきかけた火が消えそうになったとき、不意に神部が口を開いた。

「僕も」

神部に慣れている僕だから、その「僕も」が一つ前の会話の続きで、「僕も近所に住んでいる」の略だとわかるが、彼女にはわからなかったようだ。もっとも、神部の家は僕の家からは六つ、彼女の家からでも五つ向こうの駅なので、かなりの偏見を持って見なければ近所とは呼べまい。

「ダックスフント、飼ってるんですか？」と彼女が聞いた。

真正面から彼女と目が合い、神部は真っ赤になって首を振った。

「い、いや」

彼女はそのあとの言葉を待っていたが、神部の会話はそれで終わりだった。ほとんど消えかけた火種に僕は慌てて息を吹きかけた。

「君は何か飼ってないの？　犬とか猫とかガラパゴスフィンチとか」

「亀」と彼女は言った。

「亀？」

「緑亀です。毎日、机の上を散歩させてます。そうしないと拗ねるんです。拗ねた顔もかわいいですけど」

どうやらまた冗談を言ってくれたようだ。僕はまた笑い、神部はまた僕より少し遅れて僕より少し大袈裟に笑った。そのまま神部が僕をジトッと見て、僕は最初の目的を思い出した。

「あ、こいつ、神部。同じクラスなんだ。ダリの後継者。現実を超越した世界に住む絵の天才」

「こんにちは」と彼女が言った。

「こんにちは」と神部も言った。

「それで？」という感じで彼女が僕を見た。その彼女を見て、「それで？」という感じで神部も僕を見た。

「それでね」と僕は半ば自棄《やけ》になって言った。「ある日、神部が学校に通うためにいつもの電車に乗ると、そこの一角にだけ眩《まばゆ》い光が当たっている場所があったんだ。神部はそっちを見た。女の子が立っていた。その子の顔を見たとき、神部の頭に電撃が走り、耳元でミューズが囁《ささや》いた。あれこそが理想の女性像です。あの子を描きなさい。あなたの絵に魂が宿り、神々の永遠なる祝福を受けるでしょうって。な？」

僕に目を向けられ、神部はコクコクコクと頷いた。

彼女はわけがわからないという顔で僕と神部を見比べた。

「ええと、だから、絵のモデルになってくれないかなっていう話だったりするんだけど」

「私が、モデル？」

「うん」

本来ならば、ここで本人からの後押しも欲しいところだし、普通の人ならそれくらいのことわかりそうなものだが、神部はそんなこと思いつきもしなかったようだ。神部はジトッとしたあの目で彼女を見ていた。借金の取り立てには使えそうだが、女の子にモデルを頼むには使えそうにない目だ。その気がある子だって、挫《くじ》けるだろう。仕方なく僕は自分で言葉を継いだ。

「しばらくの間、こいつの前でじっとしててくれればいいだけだから。あ、もちろんヌードとかじゃないから。な？」

神部はまた三回頷いた。

彼女はしばらくドアのガラス越しに流れる景色を眺め、それから視線を戻して神部を眺めた。神部は真っ赤になって俯《うつむ》いた。ここでも芸術家からの酔わせるような一言が欲しかったが、必死に顔を上げ、必死に開いた神部の口から出たのは、間の抜けた一言だった。

「一人？」

一人？

僕は頭を抱えた。誰がどこからどう見たって、彼女は一人だった。転校してきたばかりの彼女に友達ができていないのではないかと心配したのかもしれないが、それにしたって、この状況でわざわざ話を変えてどうしようというのか。彼女もびっくりしたように神部を眺めた。神部はまた俯いた。彼女はしばらくまた窓の外に目を逸らし、それから大して気のなさそうに僕らに向き直った。

「いいですよ」

「え？」と僕は言った。「あ、そう？」

「ええ。いいですよ。ヌードだって」

彼女の口から出たヌードという言葉に近くの乗客が驚いたようにこちらを見た。僕もポカンとして彼女を見た。神部はほとんど泣きそうな目で彼女を見ていた。

「あ、そう?」と僕はまた聞いた。

「ええ」と彼女は頷いた。

どうやら本気らしい。服を着ていようがいまいが、そんなことはあまり気にしていないようだった。ここで脱いでくれと頼めば、彼女はあっさりと裸になってしまいそうな気すらした。

「それ、いつですか?」

彼女が聞いた。神部はまだ夢の世界から戻ってこられずに彼女を眺めていた。きっとその豊かな造形的想像力を使って、彼女の裸を思い描いているのだろう。知り合ってはじめて、僕は神部になりたいと思った。

彼女が諦《あきら》めたように僕に目を向け、僕は自分の都合がつく日と、凡人にも芸術が完成する過程を見学する資格があるのではなかろうかという提案を神部に納得させるまでにかかりそうな時間とを考えた。

「あ、詳しいことは、また今度。な?」

神部は反応しなかった。僕が強く肩を小突くと、そう作られた人形のように一つだけこくんと頷いた。

「そうですか。それじゃ、また今度」

彼女は電車を降りた。ドアが閉まり、ホームとともに後ろに流れ去っていく彼女の姿を僕らはいつまでも追いかけていた。それじゃ、また今度、という甘美な響きが僕らの目の前にまだ漂っていた。彼女と僕らが同じ学校に通っていて、僕らは三人とも学校へ向かう途中で、だから彼女が降りる駅ならば当然自分たちも降りる駅なのだと僕らが気づいたころには、次の駅のホームすら僕らのはるか後方に流れ去っていた。

僕らは互いを罵《ののし》り合いながら、逆の電車に乗り換えた。馬鹿とか間抜けとか僕に罵られながら、シャガールとかルノアールとか僕を罵りながら、神部は嬉《うれ》しそうだった。嬉しそうな神部を見て、僕も嬉しくなった。説得工作は思ったより簡単かもしれない。

僕らが学校に着いたのは、遅刻ぎりぎりの時間だった。いつもなら校舎に駆け込む生徒がぱらぱらと見受けられるだけの時間のはずなのだが、校庭の一角に人だかりができていた。そこにいる生徒たちを追い散らそうとしてうまくいかず、途方に暮れたような教師たちの顔もあった。僕と神部は顔を見合わせ、そちらへと歩いていった。校舎の壁を囲むように五重くらいになった生徒の半円の中心に、青いシートが張られていた。そのシートを出入りしているのは、どう見ても警察官のようだった。

僕は近くにいた同じクラスの生徒の肩を叩《たた》いた。

「何かあったのか?」

僕らを振り返ると、彼は何でもないことのように軽く肩をすくめて言った。

「飛び降り自殺」

「へえ」と僕も何でもないことのように頷《うなず》いて、聞いた。「誰？」

「ニヤケ」と彼は答えた。

三宅？

「まさか」

僕は思わず言った。僕の言う意味を彼は取り違えたようだ。

「まったくなあ、あいつにも人並みに悩みなんてあったのかなあ。女にでも振られたかな」

僕はぐるりと辺りを見回した。半円の一番隅っこに彼女の顔を見つけた。僕と視線が合うと、彼女はすぐに視線を逸《そ》らし、足早に校舎へと歩いていった。

たたり？

「まさか」と僕はまた言った。

「だよなあ」と彼はまた頷いた。「あいつを振ってくれるような女なんて、そうそういねえよなあ。普通、近づきもしねえよなあ」

僕は屋上を見上げた。そこが飛び降りた場所なのだろう。手すり越しに下を覗《のぞ》き込む何人かの警察官の姿があった。

「それにしてもよお」

僕と同じように上を向いた彼が眺めていたのは、屋上のその先だったようだ。

「馬鹿みてえにいい天気だよなあ」
雲一つない青空だった。

ニヤケがそこから飛び降りたのは、朝の七時十分だったという。いつもよりはるかに早い時間に学校へとやってきたニヤケは、職員室に寄ることもなく屋上へと上がり、飛び降りた。そのときのニヤケの頭にいったい何があったのか、遺書も残されておらず、今となっては誰にもわかりはしない。時間が特定できたのは、駅へと向かっていた出勤途中のサラリーマンが屋上から落ちる人型の物体を見たためだ。それが地面に落ちたときの、何かがひしゃげるような嫌な音までをしっかりと聞き届け、けれどサラリーマン氏はそのまま何もせずに駅へと向かってしまった。「大事な会議があったから」と、のちにサラリーマン氏は警察にそう語ったそうだ。「まさか人が飛び降りたとは思わなかったし」。では、学校の屋上から人型の物体が落ちたその現象をサラリーマン氏はいったい何だと思ったのか、一度聞いてみたい気はする。それが「人が飛び降りた」のでないならなおのこと、僕ならば興味をそそられるように思う。まあ、いい。いずれにしろ、ニヤケの死より大事なことなんて、世の中には山ほどあるということだ。だから、首と手とがあるまじき方向に曲がったニヤケの遺体が発見されるまでには、そこからさらに小一時間を要することとなる。ニヤケの遺体を最初に発見したのは、並んで出勤してきた国語の教師と音楽の教師だった。校門から真っ直ぐに校舎へ向かったのならば植え込

み の陰になって見えないはずのニヤケの遺体を、なぜ二人が発見できたのか、生徒たちの間ではしばらくさまざまな憶測が流れたが、結局は「急に発情した二十五の男の国語教師と四十五の女の音楽教師が、人目を避けるために植え込みの陰でやろうとしたら、そこでニヤケの遺体を見つけた」という線で落ちついた。遺体発見を警察に届けるまでに二人が何回やったかについては、二回という説から十回を超える説、さらには二十五の若いだけの動きには満足できなかった音楽教師は傍らにいたニヤケのズボンも引きずり下ろし、勝手にニヤケのものも借用したから、それを入れれば十一回という説まであり、まだ解決を見ていない。

ニヤケが死んでしばらくは、「三宅先生は自ら憎まれ役を買って出たいい先生だった」とか熱く語り出したりする男子生徒や、「実は私、三宅先生が好きだったの」とか泣きじゃくりながら言い出したりする女子生徒がちらほらと現れたが、一週間もすれば誰もニヤケのことなんて語らなくなった。繰り返しになるけれど、ニヤケの死より大事なことなんて、世の中には山ほどあるのだ。だから、教師サイドが心配したよりはるかに早く、生徒たちはニヤケのことを忘れた。ニヤケが死んだ当初は「あまり深く考えないように」と散々注意していたはずの教師たちも、あまりに深く考えない生徒たちに腹を立てたのか、授業中に合間をみてニヤケの思い出話をしたりするようになった。が、生徒たちの白けた反応に諦めたのだろう。そういうことも徐々になくなっていった。

表面を見るのなら、ニヤケの死という石は大した波紋を引き起こすこともなく水の底へと沈んでいったことになる。けれどももちろん、一つの物事が生じたときに、それが何の原因にもならず、どんな結果も生まないということは、通常、あり得ない。風が吹けば桶屋《おけや》が儲《もう》かるのだし、中国で蝶《ちょう》が羽ばたけばアメリカに嵐が訪れるのだ。ニヤケの死は確かに一つの原因となり、一つの結果を生んでいた。僕がそのことに気づかなかっただけだ。僕がそれを知ったのは、ニヤケが死んでひと月も経ったころだった。

「揺るぎそうになっているのだよ」と安井は笑って言った。「私ってば、ちょっとピンチ」

昼休み、僕らは久しぶりに屋上で食後の一服を満喫していた。ニヤケが死んでしばらくの間、屋上は厳しく立ち入りが禁止されていた。それが、今日、駄目もとと思いながら屋上へと続く鉄の扉に手をかけてみると、ノブはあっけなく回った。屋上では、いつもの場所に安井が寝転んでいて、事情を聞いてみると、どこからどう手を回したのか知らないが、安井は屋上の扉の鍵《かぎ》を僕に放り投げた。

「合鍵。二個作ったから、一個あげるよ」

そして僕が一本目の煙草をゆっくりと吸い終えるころ、安井は二本目の煙草に火をつけながら言ったのだ。ヒエラルキーの頂点に君臨していた自分の王様の椅子が揺らいでいる、と。

「ふうん」と僕は言った。「対抗馬が出てきたのか？」

「まあね」

「殴り倒しちゃえば？」

「知ってるでしょう？　私は不戦主義者なの。戦わずして勝つ。これに優《まさ》る勝利なし」

「それは知らなかったな」と僕は言った。「相手は？」

「あの子」

「どの子？」

「二年の転入生」

「まさか」と僕は笑った。

ニヤケの自殺でしばらく間が開いてしまったが、彼女は三日ほど前から約束通り神部のモデルになってくれていた。神部もさすがにヌードは諦《あきら》めたらしい。毎日昼休みに、校庭の隅の木に寄りかかって本を読む彼女の姿を神部は描いていた。今だって、校庭の隅で神部の相手をしてくれているはずだった。

「まあ、あの子自身の意思がどこにあるのかはわからないんだけどね。あの子を担ぎ上げて、二年の跳ねっ返りがここんとこはしゃいでるのよ。うるさいから黙らせてくれって苦情がきちゃってね。苦情がくれば放っておくわけにもいかないし。管理人さんとしては辛《つら》いところよ」

「担ぎ上げてって、あの子、そんなに強いのか？」

「いいや、あの子はただ」と安井は笑い、それからすぐに笑いを消して、やり切れなさそうに言った。「ただ、たたるだけよ」

「夢見がちの女子高生じゃあるまいし、まさかそんなこと、信じてるわけじゃないだろう?」

「ニャケが死んだときに、あの子が一緒にいたっていう噂があるの」

「いたって?」

「屋上に一緒にいたって」

「あの子が?」

「そう。警察に引っ張られて、事情を聞かれたらしい。噂だけどね」

僕はその日のことを思い出した。朝、学校へきて、屋上に上がって、ニャケを殺し、また家に戻って、いつもの電車に乗って、僕らと会った。物理的には不可能ではない。

「まあ、ああいう子だからね。ましてやあの子がその直前にニャケとトラブっていたなら、警察だって事情くらいは聞きたくなるでしょうよ」

「それで?」

「アリバイがあったらしいよ。朝、家の前のゴミを掃いている彼女を近所の人が見ていて、その時間からニャケの死んだ時間までに学校へ行くことは不可能だった」

「じゃあ、白じゃないか」

「だから、殺したんじゃなくて、たたったんだってね。そういうことになるわけよ。夢見がちな女子高生に言わせればさ」

「馬鹿らし」と僕は言った。

「ニヤケのパンツが下ろされてたらしいのよ」

「は？」

「パンツ」と安井は繰り返し、寝転んだまま、ズボンを下ろす仕草をした。「セバスちゃんがニヤケのもの借りて、やったとかいう噂、広まったでしょ？」

セバスちゃんというのは、ニヤケの死体の第一発見者の一人となった、バッハをこよなく愛している四十五歳で独身の女性音楽教師のあだ名だ。はじめは「セバスチャン」だったはずのあだ名がいつのまにかアクセントが変わって「セバスちゃん」になったのは、少女趣味じみた彼女の服装のせいだろう。

「あれも、そこから作られた噂らしいよ」

「それが？」

「だから、セバスちゃんが下ろしたんじゃなければ、ニヤケは自分でパンツを足首まで下ろして、その歩き難《にく》い格好のままよたよたと歩いて、屋上のフェンスを乗り越えて飛び降りたってことになる」

まるでニヤケが今それを再現しているように、安井は屋上の一点からニヤケが飛び降りた場所までを目で追った。

「あんま、みっともいい死に方じゃないな」

「だから、自殺じゃないんじゃないかってね。ニヤケは屋上で誰かとやろうとしてパンツを下ろして、その誰かに屋上から突き落とされたんじゃないかって」

「その日の天気があまりに良かったから、屋上から下界に向かって尿を放ってみようと考えてフェンスを乗り越えて、その拍子に足を滑らせて落ちたのかもしれない」

「ションベンするためにパンツを足首まで下ろさないでしょ。あれはだいたい、穴んところとか横っちょとかから、こう捻《ひね》り出してするもんでしょ？」

安井は寝転んだまま、それをパンツから取り出す仕草をした。その通りだった。

「よくご存じで」と僕は言った。

「その相手が彼女だったんじゃないかって」

「アリバイはどうなるんだよ」

「だから、アリバイなんて関係ないんだって。たたりなんだから。彼女は家の前で掃き掃除をしながら、その一方でニヤケを呼び出して、屋上に連れ込んで、やると見せかけて突き落とした」

「滅茶苦茶《めちゃくちゃ》だ」と僕は言った。

「わかってるわよ」と安井は言った。「ただ、そんな噂を聞いて、彼女をからかおうとしたのがいてさ。鈴木《すずき》って、あんたと同じクラスの。顔くらい知ってるでしょう？」

「うん」と僕は頷《うなず》いた。鈴木法子《のりこ》ならば、怪我をして入院したとかで二週間ほど前から学校を休んでいた。

「あれがね、彼女にちょっかい出したらしいのよ。機嫌でも悪かったのかね。校門のところで、たまたま通りかかった彼女のケツを蹴《け》り上げてさ。たたれるもんなら、たたってみなよ、って」

「それで？」

「たたられた」

「うん？」

「事故ったのよ。男の運転するバイクに乗ってて、対向車線を突っ切って、ガードレールに突っ込んだ。男はかすり傷ですんだのに、鈴木は手と足と肋骨《ろっこつ》を折った。事故の原因について、男は突然、自分の走る車線に女が飛び出してきたって言った。鈴木があれは彼女だったって証言した。まあ、この近所とか彼女の家の近くとかだったらともかく、ここからずっと遠くの海辺の国道だったらしいから、警察が信じたかどうかはわからないけどね。入院したって聞いて、すぐに見舞いに行ったんだけど、あれは嘘ついてる顔じゃなかったよ」

「自分でついた嘘を自分で信じただけだろう？」と僕は言った。「女が飛び出してきたってのは、たぶんその運転していた男の言い訳だろう。その言い訳に口裏を合わせるつもりだったのかなんなのか、鈴木は飛び出してきたのが彼女だと言った。誰に向かってもそう言った。言っているうちに、自分で信じちゃった。そんなとこじゃないのか？」

「そうかもね。でも、問題なのは、鈴木が見舞いにきた誰に向かっても、とても嘘をついているとは思えないような顔でそう言ったことでさ。彼女は一躍、魔女になっちゃった。しばらくは避けられてるだけだったんだけど、そのうち魔女の威光を借りてはしゃぐ小悪魔どもが出てきちゃって」

「誰？」

安井は五、六人の名前を挙げた。知らない名前ばかりだった。

「みんな二年の跳ねっ返りよ。昨日、そのうちの一人が大内《おおうち》に告白したもんだから、大騒ぎ。まったく、あんな馬面のどこがいいんだか」

大内というのはサッカー部のミッドフィルダーで、一年のときから間を置くことなく三、四人を渡り歩いたが、今は一組の女の子と付き合っているはずだった。安井自身がどう思っているのかは知らないけれど、その子は安井の配下だと見られているし、その子もそういう風に振る舞っている。

「組長の意向も聞かずに、チンピラが二人ぶつかったってとこか」

「お陰であっちもこっちもぴりぴりし始めてるんよ」

数にまかせて力で行けば安井たちが負けるはずがない。爆発しそうな配下たちを安井がどうにか抑えているのだろう。

「どうすんのさ」

「今回の件はそれですむかもしれないけど、また何か起こったら、怪我人が出かねないからね。本当なら、不戦の誓いを破ってでも向こうの頭を潰《つぶ》しに行くとこなんだけど」

安井はため息をついた。

「彼女自身は無関係だから、厄介でさ。いくら何でも、無関係な彼女に喧嘩《けんか》を売るわけにもいかないでしょ」

「ふむ」と僕は言った。

「それで頼みなんだけど」

「俺に？」

「その合鍵《あいかぎ》、まさかただだと思った？」

「ふむ」と僕は言った。


彼女は五人の女の子の輪の中心にいた。というよりも、自分の席で本を読んでいる彼女の周りを取り囲んで、五人が勝手にお喋《しゃべ》りに興じているというべきだろう。周りでけたたましい笑い声が起こっても、彼女は顔を上げることもなく本を読んでいた。こうやってクラスメートの中にいる姿を離れて眺めてみると、改めて彼女の美しさがわかった。もう少し年を取れば違うのかもしれない。けれど、高校二年生の彼女の体は、その美しさを持て余しているみたいに見えた。

ドアのところから教室の中を覗《のぞ》き込んでいた僕を、五人のうちの一人が目に留めた。その子が隣の子をつついて僕を指し、結果、五人の目が僕に注がれることになった。五人の目にはあからさまな敵意があった。僕は五人を知らなかったが、五人のほうでは僕を安井の友達として認知してくれているらしい。

僕は教室に入り、彼女の机の前に立った。その途端に、教室にいた他の生徒たちが一斉に僕を見た。教室の前のほうで雑誌を囲みながらファッションの話をしていた女の子たちも、教室の後ろでプロレスごっこをしていた男の子たちも、耳にイヤホンを突っ込んで首を揺らしていた子も、一心不乱に漫画を読んでいた子も、一斉に僕を見た。美しさとはもちろん一つの才能で、圧倒的な才能は往々にして多くの人を惹《ひ》きつける。お前も将来神様になるのか。そう言ったというニヤケの気持ちが少しわかった。転入してわずか二ヶ月の間に、彼女はすべてのクラスメートの頭のどこかしらに確固たる場所を占めているらしかった。彼女の取り巻きは、時間が経てばもっと増えていくだろう。そしてたぶん、彼女はもっと孤独になっていくのだろう。そんな気がした。やがて取り巻きの中から、その才能を独占したいと思う人も出てくるだろう。そして、それが叶《かな》わなければ死にたくなるほど思い詰める人だって出てくるだろう。彼女のために死んだというのは、四人でも少ないくらいかもしれない。美しさとは一つの才能で、そしてもちろん、すべての才能が周囲を幸福にするわけではないし、それを持つ人を幸福にするわけでもない。

「何ですかあ、センパーイ」

彼女を囲んでいた五人のうちの一人が妙に間延びした声を上げ、四人がくすくすと笑った。癪《しゃく》に障る言い方だったし、癪に障る笑い方だった。

「やあ」

五人を無視して、僕は彼女に声をかけた。

彼女が本から顔を上げた。僕を認めると、読んでいたところにしおりを挟んで、本を閉じた。

「体、大丈夫？」と僕は閉じられた本の表紙を見て言った。

「今のところは」と彼女は頷いた。「ええ。大丈夫みたいです」

「神部から伝言を頼まれたんだ。今日はちょっと趣向を変えて、校庭じゃなくて屋上にきて欲しいって」

昨日、安井に頼まれた嘘だった。神部のところにも、安井が同じ伝言を届けているはずだった。

「そうですか」

彼女は疑うこともなく立ち上がった。

一緒に行こうか？

五人のうちの一人が言ったが、彼女は返事もしなかった。教室中から注目を浴びたまま、僕は彼女と教室を出た。

屋上では、安井と神部が僕らを待っていた。安井の姿を見ても、彼女は表情を変えなかった。

「気持ちいいですね」

晴れ上がった空に、両手を上げて大きく伸びをしながら彼女は言った。

「合鍵、そいつが持ってるから作ってもらうといいよ」と安井は言った。「いつでも出入りできるようになる」

「昼休み屋上同盟」と彼女は安井に笑いかけ、僕を振り返った。「みんなで体制と戦うんですね？」

神部がキャンバスを取り出した。イーゼルにでもかけるのかと思ったら、神部はキャンバスを抱えて座り、木炭を手にした。彼女がその前に横向きに立った。

こんな感じですか？

そう聞くように彼女が神部を見た。神部は頷《うなず》き、手を動かし始めた。僕は神部の後ろに回って、キャンバスを覗《うつむ》いた。空いている左半分には例によってシュールな背景が描きこまれるのだろう。俯くような彼女の立ち姿はキャンバスの右半分にあった。顔に目鼻をつけようとして、何度も描き直したらしい。拭《ふ》き取り切れなかった木炭で、顔の部分が黒ずんでいた。神部の手が動き、魔法のように彼女の目と鼻を入れていった。また気に入らなかったようだ。神部は布で顔の部分を拭《ぬぐ》った。

「難しいもんだな」

僕は言った。神部はこくりと頷いた。

神部の描いた顔は、確かに彼女の顔だった。けれど、それは同時に彼女の顔ではなかった。ただ造作を真似るだけでは、彼女の顔は彼女の顔にならなかった。その絵の顔と彼女の顔との間にどんな違いがあるのか、僕にはよくわからなかった。

目と鼻を三度描き直し、神部は木炭を置いた。それが休憩の合図になっていたようだ。

彼女がこちらへやってきて、神部が脇に置いたキャンバスを手にした。

「私の顔って、難しいですか？」

結局、目と鼻の入らなかった絵を眺めて、彼女は言った。神部はしばらく考え、答えた。

「足りない」

彼女の顔を彼女の顔たらしめる何かが足りない、ということなのだろう。それだけで通じたようだ。そうですか、と彼女が頷いた。

僕は膝《ひざ》を抱えて座る神部の横に寝転がった。彼女が僕の隣にきて座り、後ろに手をついて空を見上げた。それを見て、神部も真似をした。晴れ渡った空に、ぽかんとした雲が一つだけ、浮島のように浮かんでいた。少し離れたところで煙草を吸っていた安井もやってきて彼女の隣に座り、やっぱり同じポーズで空を眺めた。校庭から聞こえてきているはずの生徒たちの笑い声や歓声が、はるか遠くの世界から聞こえてくるように思えた。

「何だか」

彼女がぽつりと言った。

「無人島みたいですね」

「そうだね」と安井も頷いた。「瓶に手紙を入れて、投げたくなるよね」

「何て書こうか」と僕は言った。

「ＳＯＳ」

安井がすらりと言った。思わず向けた視線は、後ろに手をついて空を見上げる安井の突き出された胸に行ってしまった。

おっぱい、おっきいでしょう、あの子。

しわがれた声を思い出した。

中学二年のときだ。夏休みの夜だった。十時を少し回ったころだったと思う。僕は駅前のゲームセンターで安井とばったり出会った。それまでにも何度かそこで安井を見かけたことはあったが、僕らが会話を交わしたことなどなかった。安井にはいつも誰かしら連れがいたし、僕にとって安井は女だてらに拳闘《けんとう》部を率いる怖い女の子でしかなかった。下手に近づかないほうがいい、と学校の生徒のほとんどがそう思っていたし、僕もそう思っていた。けれどその夜、安井はふらりと一人で入ってきて、パズルゲームをしていた僕を見つけると、隣のゲーム機の前に座り、僕のやっている画面を眺めた。僕は黙ってゲームを続け、安井は黙ってそれを眺め続けた。そのゲームが終わったとき、顔なじみになっていた店員が近づいてきて、俺としてはどうでもいいとは思うのだけれど、一応、規則だから、中学生はそろそろ店を出てくれ、と申し訳なさそうに言い、僕らは揃ってゲームセンターを出た。ぶらぶらと夜の町を歩きながら、どんな会話を交わしたのか、今となってはよく覚えていない。知らないうちに、僕は安井をうちに泊める約束をしてしまっていた。その日の安井がひどく疲れているように見えたせいかもしれない。

共働きの僕の両親はどうせいつものことで帰りが遅かったし、僕の部屋は「そろそろプライバシーが必要な年でしょう」という親の提案で庭先に建てられた、家の建物とは別のバラックだったので、安井を連れ帰ることに特に問題はなかった。それでも、律儀だった中学生の僕は、「絶対にやめてよ」という安井の言葉を無視して、安井が母屋でシャワーを浴びている間に、安井の家へと電話した。安井の両親は安井がまだ小さいころに離婚しているという話は僕も聞き知っていたし、律儀な上に世間知らずだった中学生の僕は、帰ってこない娘を一人きりで心配している安井の母親の姿を想像してしまったのだ。十回以上コールして、ようやく安井の母親が電話に出た。僕が名乗り、お嬢さんは、今日、とても疲れていて、家まで帰れないようだから、うちに泊めることになったと告げると、安井の母親はケッケと笑った。その笑い声で、相手が素面《しらふ》でないことを僕は悟った。そのあと、安井の母親は言ったのだ。

「おっぱい、おっきいでしょう、あの子」

背後から、これも素面と思えない男の声がした。二人の笑い声がケッケと聞こえてきた。受話器から酒の匂いが漂ってきそうな笑い声だった。そのあと「あんたも楽しみなさいね」という一言を寄越して、突然に電話は切れた。僕も受話器を置き、そのことは安井に話さなかった。その夜、安井は僕のベッドで寝て、僕はベッドの下で寝て、僕らの間には僕の飼っているダックスフントが寝た。

「ＳＯＳなんて、私に似合わないってか？」

自分を見る僕の視線に気づいて、安井がそう笑った。

「似合ってるよ」と僕は言った。「そこどけ、おら、しばくぞ、だろ?」

安井が笑い、彼女も笑った。柔らかな風が僕らの笑い声と浮島のような雲をゆっくりと押し流していった。

「本当」

神部がぽつりと言って、僕は頷いた。本当に無人島にいるみたいだった。そこでなら僕らは四人とも、今よりずっとうまく生きていける気がした。

「ありがとうございます」と彼女が神部に言った。「学校にこんな気持ちのいい場所があるなんて、私、知りませんでした」

神部が不思議そうに彼女を見返して、次に安井を見た。

「神部先輩ですよね? ここを指定したの」と彼女は僕に言った。

僕は助けを求めて、安井を見た。彼女も安井を見た。三人の視線を知りながら、安井は空を眺めたまま言った。

「私は別にあんたのことが嫌いじゃないんだけど」

しばらく考えてから、それが自分に向けられた言葉だと気づいたようだ。彼女が答えた。

「私だって、別に先輩が嫌いじゃないです」

「うん」と安井は言った。「だから謝る」

「はい？」

安井が視線を下ろして、彼女を見た。同時に左手が彼女の髪に伸びていた。何気ない動作だった。背後から出された右手にはいつのまにかはさみが握られていた。声を上げる暇もなかった。彼女の髪をつかんで後ろに引っ張った安井は、彼女が背後に倒れこむ前に彼女の髪をばっさりと切っていた。彼女が背中から倒れた。僕の視界には、片手にはさみを、片手に彼女の髪を握った安井だけが残った。僕と神部はぽかんと安井を眺めていた。安井は切り取った彼女の髪を風に舞わせた。

「悪いね」

はさみをしまい、ぱんぱんと両手を払うと、安井は心底すまなそうに言った。

「安井先輩は」

頭を打ったようだ。頭の後ろをさすりながら、彼女が体を起こした。

「優しいんですね」

意外にも穏やかな声だった。立ち上がって彼女に背を向け、安井は笑ったようだ。

「近いうちに美容院へ行って」と安井が言った。

「そうします」と彼女が頷いた。「でも、先輩。気をつけてくださいね」

「あんたの取り巻きなら大丈夫。口で言うほど強くはないから。五対一でも負けないよ」

「いいえ、そうじゃなくて」

「わかってる。偶然でも怪我なんかしたら、あんたの髪の毛が無駄になるからね。気をつけるよ」

彼女はまだ何か言い足りなそうな顔をしたが、結局何も言わなかった。昼休みの終わりを告げるチャイムが鳴り、彼女は立ち上がった。

それじゃ。

安井に言うと、僕と神部にも会釈をして、彼女は屋上から去っていった。

「何だ？」

ようやく僕は声を上げた。

「言ったでしょ？　戦わずして勝つ。これに優《まさ》る勝利はない」

「だから、何なんだよ」

「あのまま教室に戻れば、彼女を見た誰にだって何があったのかはわかるでしょ。私も、あの子の髪を切ってやったって言い触らす」

「それが、だから、何？」

「鈍いね。だから、あの子の髪を切るなんて暴挙に出た私にたたりが起こらなければいいんでしょ？　彼女は魔力をなくすし、彼女の魔力がなくなれば、取り巻きの小悪魔たちも黙る。誰も傷つかずに一件落着」

そこまで言って、安井は憮然《ぶぜん》としている神部に気づいたようだ。

「あ、ごめん。髪の毛切っちゃうと、困る？」

「あとで」と、憮然としたまま神部は答えた。

髪が伸びたあとで、また続けるということだろう。

行き場に迷った風が、散らばった彼女の髪をクルクルと舞わせた。僕らは三人で、またしばらく空を見上げた。みんな教室に引き上げたのだろう。もう生徒たちの声も聞こえなかった。僕ら三人は、当てもなく漂流するいかだに乗っているみたいだった。

彼女から僕の携帯に電話があったのは、その週末の夜のことだった。ちょうどそのとき、僕は庭に建てられた自分の部屋で、無反省に僕を見上げる目に説教をしているところだった。

「だから、ここでするなって言ったろ？　するなら外でしろって、なあ、そのためにドアの下にお前専用のドアを作った。そうだったろ？」

そうだったっけ、とでも言うようにダックスフントは鼻を鳴らした。

「あ、お前、そういう態度、今、ご主人様はすごくかちんときたぞ。六年前、駅前で哀れにクンクン鳴いてたお前を拾ってきて、ここまで育ててやったのはどこの誰だ？」

どうだったかねえ、とでも言うようにダックスフントはでろりと寝そべった。

「お前、なあ」

僕がなおも言いかけたとき、机の上で僕の携帯電話が鳴った。そちらを見遣《や》ってから、ほら、電話、とでも言うようにダックスフントは僕を見返した。

「まだ終わってないからな」

僕は言って、電話を取った。相手は彼女だった。携帯の番号は教え合ってはいたけれど、彼女が僕に電話してきたのはそれが初めてだった。

「やあ。どうかした？」と僕は言った。

取り立てて普段と変わった声を出したつもりはなかったのだけれど、それでもそこに微妙な違いを嗅《か》ぎ取ったのかもしれない。視線を感じて振り返ると、ほらな、出てよかったろ、とでも言うようにダックスフントが僕を見ていた。ふん、と伝わるように、僕はダックスフントに背を向けた。

「ごめんなさい。遅くに」

彼女の声は震えていた。とても寒いところにいるみたいだった。

「そんなのはいいけど、どうかしたの？」

「何だか嫌な感じがするんです」

「嫌な感じ？」と僕は聞き返した。「なあ、大丈夫？」

「私は、ええ、大丈夫です。それより安井先輩です。一緒じゃないですよね」

僕は時計を見た。夜の十一時を回っていた。彼女の言わんとする意味がわかり、僕は慌てて言った。

「そういう噂もあるみたいだけど、俺と安井とはそういう関係じゃないよ」

「どこにいるか、わかりませんか？　家にも電話したんですけど、出かけてるって言われて」

電話に出たのはあの母親だろうか、と僕は思った。あの母親はまた酔っていただろうか。後ろに男はいただろうか。そうでないことを安井のために祈った。

「じゃあ、出かけてるんじゃないかな」

電話が沈黙した。ずいぶん長い沈黙だった。僕が改めて声をかけようと思ったとき、彼女が口を開いた。

「何で誰も心配しないんです?」

その声は相変わらず震えていた。

「もう十一時ですよ。夜の十一時に高校生の女の子が家に戻っていなくて、どこにいるかもわからないで、それでどうして誰も心配しないんです? おかしいですよ、そんなの」

「わかったよ。携帯に電話してみるから」

安井よりも彼女が心配になって僕は言った。

「電話だけじゃ駄目です」と彼女は言った。「会ってください。会って、無事を確認してください。それから、できれば今夜はずっと安井先輩と一緒にいてください」

「何を言ってるんだよ。そんなことできるわけ……」

僕に終わりまで言わせず、自分を落ち着かせるように一つ息を吐いて、彼女は言った。

「私は、先輩に貸しが一つあったと思いますけど」

その通りだった。髪を切ったのは安井だけれど、彼女を呼び出したのは僕だ。まさか安井がそんなことをするとは思っていなかったけれど、責任というものは結果に伴うものであって、意思に伴うものではない。

「わかったよ」と僕は言った。「取り敢《あ》えず、探してみる」

彼女との電話を切り、僕は安井の携帯に電話をしてみた。応《こた》えたのは留守電の案内メッセージだった。少し時間をおいてかけ直してみたけれど、結果は同じだった。

「出なきゃよかった」

携帯を切って、僕は言った。

そりゃまたどうして、とでも言うようにダックスフントが顔を上げて僕を見た。

「散歩、行くか？」と僕は聞いた。

ご冗談、とでも言うようにダックスフントは鼻を鳴らして、また寝そべった。

僕は携帯と財布をポケットに押し込んで、一人で部屋を出た。

月が出ていた。触れれば指先に貼りつきそうな、氷みたいな月だった。駅前までの道を僕は足早に歩いた。ちょうど電車が着いたのだろう。駅から歩いてくる人たちとすれ違った。半々くらいの確率のつもりで覗《のぞ》き込んだゲームセンターに安井はいた。安井の他に客はいなかった。両替機の隣にあるカウンターの中で店員が漫画を読んでいた。僕に気づかず、安井は乱暴にレバーを動かし、滅茶苦茶《めちゃくちゃ》にボタンを叩《たた》いた。安井の操っていたボクサーは二十秒で空手家にのされた。

「出てこい、コラ」と画面の中で勝ち名乗りを上げる空手家に向かって安井は言った。

「お前なんざ、五秒でのしてやる」

「荒れてるなあ」

僕が隣の椅子に腰を下ろすと、安井が目を上げた。

「何か用？」と安井が言った。

「携帯くらい出ろよな。何度電話しても留守電だった」

「携帯？」

デニムのシャツのポケットを探り、ジーンズに手を当て、安井は首を振った。

「ああ、家に忘れてきた」

僕は自分の携帯を取り出して、彼女の携帯にかけた。一度のコールで彼女が出た。

「迷い猫を見つけたよ」と安井のほうを見ながら僕は言った。「今、一緒にいる」

「安井先輩は大丈夫ですか？」

彼女は言った。その声はまだ震えていた。

「喧嘩《けんか》には負けたみたいだけど、大した怪我もしてないし。まあ、大丈夫みたい」と僕は言った。「なあ、それより、君のほうは大丈夫なのか？」

「一緒にいてくださいね。今晩だけでいいですから」

僕の問いには答えず、彼女は言った。

「それで借りはチャラになる？」

「お願いしましたよ」

彼女はそれだけ言って、電話を切った。僕は携帯をしまった。

「誰？」と安井が聞いた。

「依頼人。迷い猫を探せって頼まれた」

「あの子？」

「うん。嫌な予感がするって。変な子だ」

僕は笑いかけたのだが、安井は何かを納得したらしい。そう、と一つ頷《うなず》いた。いつかの夜みたいだった。安井は疲れていた。

「ええと、大丈夫、だよな？」と僕は聞いた。

「大丈夫よ。私はいつだって大丈夫」

安井は言って、立ち上がった。

「どこへ行くんだ？」

取り立てて考えていなかったようだ。僕に聞かれて初めて思いを巡らせるように安井はしばらく立ち尽くし、それから僕に言った。

「ちょっと付き合って」

最終電車に乗って、安井が向かった先は、学校だった。もちろん、門は閉じていた。

安井はフェンスの破れ目から校庭に入った。窓の鍵《かぎ》を確かめながら校舎をぐるりと回ると、用務員室の前にある窓の鍵がかかっていなかった。安井はその窓を開けた。止めようとも思ったけれど、断固として窓枠を乗り越えた安井の背中は変に頑《かたく》なで、まさか刑務所に入れられはしないさと自分に言い聞かせながら、僕は黙って安井のあとに従った。

「あのあと、何かあったのか?」

非常灯しかついていない暗い校舎はさすがに不気味で、僕は先に立って階段を上り始めた安井に声をかけた。暗い階段に僕の声が響いた。

「あのあと?」

「彼女と。髪を切った、あのあと」

「ないよ。何もない」

「それじゃ、何?」

安井は答えず、しばらく黙って階段を上がった。

「あの子はね」

踊り場で、呼吸を整えるように一つ息を吐いて、安井は言った。

「私がニヤケを殺したと思ってるんだよ」

「はあ?」と僕は声を上げた。「何でそうなるんだ?」

「あの日の朝、私とニヤケとが一緒に屋上にいたのを見たから」

再び階段を上り始めながら、安井は言った。僕は慌てて安井のあとを追った。

「いたのか？」

「いたよ」

「そんなとこで、何をしてたんだ？」

「騙《だま》したのよ、ニヤケを。今日の朝、あの子が屋上で待ってるって言ってたって。でも、あとになって悪いと思って、だから早く学校にきて屋上に上がった。あいつ、馬鹿だね。騙されたなんて思いもしなかったみたい。私が行くまで待ってたもんね」

安井の言っていることがさっぱりわからず、それをどう聞いていいかもわからず、僕はすべてをひっくるめた意味で聞いた。

「ええと、何？」

「晴れてたでしょ、あの日。窓から空が見えてて。真っ青な空を見てたら、一緒にいるのが嫌になったのよ。さっさとベッドから出ていって欲しくなった。だから」

「なあ、安井。話が全然見えないんだけど」

僕らは屋上に辿《たど》りついた。合鍵を出して、安井は屋上のドアを開けた。冷たい空気が僕の頬を冷やし、冷たい月がさっきより少しだけ近い距離で僕らを迎えた。

「あの日、私はニヤケの部屋のベッドにいて、目が覚めたら空が晴れてて、隣で鼾《いびき》をかいている男にすごくうんざりして、だから男の肩を叩いて、言ったのよ。ねえ、起きて。ごめん。すっかり忘れてたんだけど、今日の朝、屋上にきてくれるようにって、伝言、頼まれてたの。あの子、先生に相談があるらしいの」

シャワーで髪を濡《ぬ》らすように、安井は月に顔を上げ、目を閉じた。

「ニヤケとできてたみたいな言い方だな」と僕は笑った。「いったいそれは、何の冗談だ？」

「だから、できてたのよ。あいつが死ぬその日の朝まで。一年くらい続いたかな」

閉じていた目を開けると、安井はニヤケが飛び降りた場所まで歩いていって、手すりに手をついた。

「一年って」とかなり混乱して、僕は安井の背中に言った。「でも、なあ、だって、ニヤケ？」

「悪い人じゃなかったよ。最初に誘ったのは、向こうだったのか、私だったのか、もう覚えてないや」

安井は言って、僕を振り返った。その顔を見て、僕はこれが何かの冗談なんかじゃないことを自分に納得させた。

「真面目な人だったよ。真面目に教師をやろうとして、でもそれが全然空回りして、白けられて、すごく傷ついてた。私と寝ることで安心できたんじゃないかな。少なくとも、一人の生徒とはこうしてつながっているって」

「ニヤケなんかどうでもいいよ。お前はどうなんだよ。好きだったのか、ニヤケのこと？」

「私の趣味だって、そこまで悪くない」と安井は笑った。

「じゃあ、何で」

安井は背中を手すりにもたれさせ、ふうとため息をついた。

「生きていることの意味って、考えたことある？」

「え？」

「だから、自分が、今、ここに生きているっていうことの意味」

「あるさ。俺だって馬鹿じゃない」

「答えは出た？」

「出るわけないだろ、そんなもの」

安井は不思議そうに僕を見て、不思議そうに聞いた。

「それで、どうやって生きているの？」

話の行方はわからなかったが、安井が真面目にそれを聞いていることくらいは僕にだってわかった。それに対して真面目に答えてやることがせめてもの友情だということくらい僕にだってわかった。

「あのな、どうして自分が生きているのかなんて、そんなの悩みじゃない。悩みっていえば、解決しなきゃならないことに思える。けど、俺が思うにそんなのはもう高尚な哲学だ。哲学だから、答えなんてない。一生かかったって、答えなんてきっと見つからない。そんな風に悩まない奴も人間として信用できないけど、それに対して答えを見つけたなんていう奴とも俺は友達になりたくない。きっと水晶玉とか壺《つぼ》とかを売りつけられるのがオチだ。だから、答えなんてないままに悩んでいればそれでいい、と俺は思う」

「悩んだまま生き続けるの？　一生？」

「人間は日々強くなれるし、賢くなれる。今よりずっと強くなって、賢くなれば、答えは見つからなくても、何とか折り合いをつけながら生きていられると思う」

安井はしばらく黙って僕を眺めていた。やがて、安井はとても悲しそうに首を振った。

「あんたは」とため息に混じらせて、安井は言った。「やっぱ強いんだ」

「強くなんてない」と僕は言った。「だから強くなりたいと思う」

「弱い人間に言わせりゃね、そういう人間を強いって言うのよ」

安井は俯《うつむ》いた。

「私はそんな風に強くない。だから、もっと確かなものが欲しくなる。将来の可能性でも、頭の中にでもなく、今、ここに」

安井はそこにサッカーボールでも抱えているように胸の前に両手を突き出した。やがてその手が力なく落ちた。

「私がどんな男と寝てると思った？」

「ずっと年上の、かなりひねくれた男だろうって」

「惜しいね」

「惜しい？」

「私が寝るとしたらね、同年代のかなりひねくれた男か、ずっと年上のかなりへなちょこの男よ」

「そう?」

「それ以外に、誰が私なんか抱きたがる?」

安井は笑った。

「前者も当たってみたんだけどね、どうもなびいてくれそうにないから、後者で手を打った」

「それが、ニヤケ?」

「当たってみた前者については聞いてくれないの?」

安井はじっと僕を見た。その目をまともに見返せず、僕は視線を逸《そ》らした。安井は薄く笑った。

「あいつね、ひざまずかせるのが好きなの。自分がこう仁王立ちになってさ。私がひざまずいてね、あいつのベルトを外して、チャックを下ろして、ズボンを下げてさ。知ってた? あいつ、ブリーフ派」

「よせよ。そんな話、聞きたくない」

安井はやめなかった。

「ブリーフの上から、手でね、こう優しくさすり上げて、舌も使って」

「よせって」

「十分におっきくなったら、パンツも下ろして、手でしごきながら、先っぽを舐《な》めたりしてね、散々じらしてからさ、いきなりくわえてやるの。あいつ、ああ、って言うんだよ。いっつも。泣いてるみたいな声でさ、ああって。そのまま、見上げられるのも好きでさ。いっつもくわえさせたまま、私の顔を持ち上げて、見上げさせるの」

「安井。怒るぞ」

「あいつのが口の中に入っているときね、あいつが泣いているみたいな声でうめくときね、私は私がそこにいる意味を確認できた。それから、あいつが私の体を触ってるときも、奇麗だよって、呪文《じゅもん》みたいに繰り返しながら舐めてるときも、私の中に突っ込んで訳のわからないことを言ってるときも、ただ痛いだけだったけど、気持ち良くなんて全然なかったけど」

　いつからか安井は泣いていた。

「抱かれているときも嫌だったし、抱かれたあともいっつも吐きそうになってたけど、でもそのときだけは私は自分がそこにいることに何の疑問も持たなくてすんだ。だから、あいつから求められれば私は抱かれた。そういうのって変かな？　私、おかしい？」

　真っ直ぐに僕を見るその目に僕は何も言えなかった。何も答えない僕を助けるように、安井は僕から視線を逸らした。

「変だよね。おかしいよね」

　別に変じゃないし、全然おかしくなんてない。

　僕はそう言うべきだったのかもしれない。けれど僕は言えなかった。それを変じゃないと言ってしまえば、それをおかしくないと言ってしまえば、その代償はいつか自分の身に回ってくる気がした。そんなの変だし、そんなのおかしい。そう言い続けていなければ、僕は何かに飲み込まれてしまいそうな気がしたのだ。

「あの日、もう、何もかもうんざりして、私はニヤケを学校へ行かせた。それから、シャワーを浴びて、牛乳を飲んで、少しさっぱりしたら何か悪くなっちゃってさ。天気も良かったから、ちょっと早目に学校へ行くのも悪くないかなと思って」

安井は溢《あふ》れた涙を拭《ぬぐ》った。拭えば拭った分だけ、新しい涙が溢れてきた。もう拭うことも諦《あきら》めて、安井は月を見上げた。

「屋上であいつに謝った。あとは成り行きでさ。いつもみたいにあいつの前にひざまずいて、パンツを下ろして、くわえようとしたら誰かがいたのよ。ううん。気のせいかもしれない。人の気配を感じてふっと振り返ったら、屋上の入り口のドアのところに人影が見えたような気がしたの。別に見られたからどうってこともないんだけど、一応、私の名誉にかけて、そいつに口止めしなきゃと思って、私はそいつのあとを追った。どうしたんだとか、後ろでニヤケが言ってたけど、振り返りもしなかった。そいつは結局見つからなかったんだけど、わざわざあいつのをくわえに屋上に戻るのも間抜けだから、一度学校を出て、適当に時間を潰《つぶ》して、また学校に戻ってきた」

安井は僕に笑顔を向けた。

「ニヤケが死んだって聞いたときに、ヤバイと思ったのよ。誰かが私たちが一緒にいるところを見てる。その誰かに証言されたら、ヤバイって。私が殺したことになっちゃうかもしれないし、そうじゃなくたって、そこにいた理由を説明しなくちゃならない。で、考えた。私はそいつをちらっとしか見てなかった。そいつだって、後ろを向いていた私の顔まではちゃんと見てるはずがない。だったら、それは私じゃなくたっていい」

「それで、嘘の噂を流したわけだ。彼女がニヤケと一緒にいたって」

「そう。彼女を魔女にするために鈴木に嘘もついてもらった。その噂がどうなるか、私はじっと見守ってた。あれは彼女だった。私、見たって言い出す誰かが出てくるのを待ってた。あるいはあれは彼女じゃなくて安井だったって言い出す誰かがね。でも、誰も出てこなかった。あれは錯覚だったんだ、誰にも見られてなんてなかったんだって、どんなに自分に言い聞かせても不安でさ。その人がまだじっと様子をうかがってるんじゃないかって思えて。だから彼女の髪を切った。適当なところで怪我をして、噂を補強しようと思ってたの。さっきのさっきまではね」

でも、と安井は続けた。

「でも、さっきわかった。あれは彼女だったんだよ、きっと。あの子もお人よしだよね。自分に罪をなすりつけようとした私を心配するんだから」

僕を見ていた安井の視線が、不意に僕の背後に動いた。釣られて僕も振り返った。

え？

振り返った僕の視線と行き違うように、僕がそちらに目を向けたときには、それはふわりと僕と安井の間に立っていた。

「きてたの？」

安井は慌てて涙を拭《ふ》きながら言った。

「どうしてここがわかった？」

「勘です」

彼女が答えた。微《かす》かに笑いを含んだ声だった。安井のほうを向いていたので、僕には彼女の表情までは見えなかった。僕に見えたのは、夜の闇よりも黒い彼女の髪だった。

何だろう？

僕はその髪を眺めながら考えた。

何が変なんだろう？

「今の話、聞いてた？」と安井が言った。

「ええ。だいたいは」

何で月がないんだ？　雲に隠れた？　雲を動かすほどの風なんてあるか？　いや、月なんてどうでもいいんだよ。俺、何で月のことなんて考えてるんだよ。

「ということよ。ここから私を突き落とすと言うなら、抵抗しないよ」

安井は笑いながら言った。

「突き落とす？」

彼女も笑いながら答えた。

「とんでもない。先輩は、ここから飛び降りるんです。自分の意思で」

何でこの体は動かないんだ？　いや、体どころか、口も動かない。喋《しゃべ》ることが何もないから？　じゃあ、何か喋ってみよう。何でもいい。何でもいいから。

彼女がゆっくりと動いた。歩いていたのだろう。当たり前だ。歩いていたに決まっている。けれど僕にはどうしても彼女の足が動いているようには見えなかった。彼女は滑るように安井の前に立った。

「自分の意思で？」

安井が惚《ほう》けたように聞き返した。彼女の背に隠れて、もう安井の顔は見えなかった。

「ええ」と確信に満ちた彼女の声が言った。「飛び降りるんです」

彼女は滑るように安井の脇に行き、ひょいと手すりの下を覗《のぞ》いた。釣られたように安井も僕に背を向け、手すりに手をついて、下を覗き込んだ。彼女が安井を見た。まるでその頰に口付けをするみたいに安井に口を寄せた。

「怖くなんてないですよ」

囁《ささや》くような彼女の声が聞こえた。思いがけないほどの近さで。耳元よりもっと近く。それはまるで直接そこに語りかけられているように、僕の頭の中に柔らかくこだました。

「一瞬で終わります。ここから、あそこまで。ほんの一瞬。これから先、生きていかなければいけない時間を考えるなら、ほんの一瞬です。そうでしょう？」

安井、聞くな。何か変だ。

「ほんの一瞬？」と安井が聞いた。

「ええ。ほんの一瞬。痛くなんてないです」

「痛くないの？」

「痛くないです」

安井、安井、安井。こっちを向け。彼女を見るな。

しばらく下を覗き込んでいた安井は、やがて手すりに両手を突っ張らせて体を持ち上げると、足をかけて、手すりの向こう側に立った。仕方ない。ほとんど絶望的に僕はそう思った。僕が安井だってそうする。

「本当に？」と安井が聞いた。

「何がです？」と彼女が聞き返した。

「本当に、私、間違ってない？」

「間違ってないですよ」

だだっ子をあやす母親の口調で彼女が言った。

「今までが間違ってただけ。だから、ちゃんと直さなきゃ。そうでしょう？」

安井がこくんと頷《うなず》いた。手すりから手を離し、僕に背を向けた。

「安井」

僕は叫んだ。叫んだつもりだったけれど、言葉は出なかった。それでも届いたようだ。

安井がもう一度僕を振り返った。

「それ、おかしいよ。どう考えたって、おかしいだろ？　第一、その子、誰だ？　本当に彼女か？　彼女なら、どうして髪の毛がちゃんとしてるんだよ。切ったの、お前自身だろ？　そうだったろ？　こんなに早く伸びるわけないじゃないか。だから、それ、彼女じゃないよ。知らない奴だよ。いや、知らない奴どころじゃなくて、そんな奴、いないんだよ。ほら、よく見てみろよ。お前の隣になんて誰もいないじゃないか。月だってちゃんと出てる。騙《だま》されるなよ。全部嘘だよ。お前、今までだって間違ってなんてないし、この先だってちゃんと生きていけるよ。俺が保証するよ。だから、なあ、そんなとこに立つなよ。戻ってこいよ。気をつけてな。足を滑らすなよ。チクショウ。それにしたって、どうしてさっきから俺の体は動かないんだよ。言葉だって、なあ、俺、ちゃんと言えてるのか？　口が動かないんだよ。変だよ。何か痺《しび》れちゃってるみたいでさあ。こんなの初めてだよ。口って痺れるんだな。膝《ひざ》が痺れたことなら何遍もあるけど、なあ、口って痺れるんだな。そんなのどうでもいいんだっけ。だから、そうだよ、まだそんなとこにいるのかよ。早くこっちに戻ってこいよ。なあ、安井。安井ってば、よお。何を下なんて見てるんだよ。安井、安井、こっち見ろよ。そう。俺を見ろよ。なあ、安井」

「安井」

　最後の一言だけはちゃんと言えた。けれどそれは、小さく微笑んだ安井の顔がかき消すように闇の向こうへと消えたあとだった。僕は目を閉じた。僕は間違っていた。僕は耳を塞《ふさ》ぐべきだったのだ。聞きたくもない音が聞こえた。

いい天気だった。目を凝らせば、宇宙まで見渡せそうだった。

「なあ」

隣を歩く神部に僕は声をかけた。が、神部に目を向けられ、何を言いたかったかを忘れてしまった。

「冥王星《めいおうせい》」と僕は適当に空の一点を指して言った。

神部は僕の指先を辿《たど》って空を見上げた。

「な?」と僕は言った。

神部は頷いた。

駅からずいぶん長い距離を歩かされた。月曜日の午前中だというのに、病院はひどく混んでいた。僕らは案内板で受付を探し、そこで聞いた病室へと足を向けた。四階の一番端の部屋だった。どんな顔をするべきか、病室の手前で急に迷い、僕は足を止めた。が、僕の後ろを歩いていた神部は気づかなかったようだ。神部が背中にぶつかり、その勢いで僕は開け放たれたままだった病室の入り口をまたいでしまった。

三人部屋の窓際のベッドに安井はいた。入ってきた僕を見つけて、安井は笑った。照れたような笑顔だった。その笑顔が照れ臭くて僕も笑った。

「よお」と僕はベッドに近づきながら言った。

「面目ない」と安井は言った。

「まったくだ。あのあと、大変だったんだぞ。救急車呼んで、一緒に病院まできて、お前の家に連絡して、呼びもしないのに警察もやってきて、しつこく事情を聞かれて」

「面目ない」と安井はまた言って、笑った。

両手も両足も首もギプスに覆われていて、頭にもメッシュのキャップがかぶされていた。唯一、表に出ている顔だって、べたべたとガーゼが貼られていて、まともに見られるのは目と口くらいだった。それでも安井が笑っていることはちゃんとわかった。

ニヤケが飛び降りた地点とほとんど同じ場所から飛び降りたにもかかわらず、安井は一命を取りとめた。それは、悪運でも神様の悪戯《いたずら》でもなく、安井自身の意思のせいだろうと僕は思っている。たぶん、安井はニヤケよりずっと朗らかな気持ちで飛び降りたのだ。勢いよく屋上を蹴《け》って。だからニヤケの体が落ちた場所より少しだけ向こうの植え込みに落ちた。結果、助かった。そう思う。二週間に及ぶ面会謝絶がようやくとけて、安井は今日から普通の病室に移されていた。

神部がベッドの脇の椅子に座り、僕はベッドの端に腰を下ろし、僕らはしばらく他愛のない話を続けた。頭を失った安井の配下たちが、その地位を争って小競り合いをしていること。サッカー部の大内が、結局別の学校の女の子と付き合い始めたこと。信頼できる筋からの情報によれば、セバスちゃんが見合いをしたらしいこと。安井はよく笑った。大きく笑うと怪我をした場所が痛むのだろう。時々、笑いながら顔をしかめた。その顔がおかしくて、僕と神部もよく笑った。小一時間ほども話し、検査のために医師が病室に入ってきたのを機に、僕らは腰を上げた。

「あの子、どうしてる?」

僕らが病室を出ようとしたとき、安井がさり気なく聞いた。

「昨日、また引っ越した」と僕は言った。「親父さんが保釈されたとかで、親子三人で暮らすらしいよ」

「そう」

安井は頷き、そのまましばらく俯《うつむ》いていたが、やがて顔を上げた。

「ねえ、あのときのことだけど、ひょっとしたらニヤケのときも」

「忘れなよ」と僕は言った。それ以上を僕は安井に言わせるわけにはいかなかった。

「お前は自殺に失敗した。ニヤケは自殺に成功した。それだけさ。他の誰も関係ない」

「他の、誰も?」

そこに置かれたアクセントに、安井がそっと聞いた。

「他の、誰も」と僕はきっぱり頷いた。

あのとき屋上にいた誰かは、きっと僕と安井とが頭の中で勝手に作り上げたのだ。そう思う。そしてニヤケが飛び降りたそのとき、屋上に誰かがいたのだとしても、きっとその人も、ニヤケが死んだこととは何の関係もない。僕はそう思うことに決めたのだ。

「そうかな?」と安井が言った。

「そうだよ」と僕は頷いた。

「そうだね」と安井はためらいがちに頷き、やがて微笑んだ。「そうだね」

昨日、僕は彼女と会っていた。僕が訪ねて行ったとき、彼女は母親と思《おぼ》しき人と一緒に、アパートの前に停められた運送屋の軽トラックに荷物を積み込んでいるところだった。僕を見つけて、彼女は小走りに近づいてきた。彼女の歩調に合わせて、ずいぶん短くなった髪が軽やかに弾んだ。

「本当だったんですね」

ジャージを着て、首にタオルを巻いた彼女が言った。

「うん？」

「こっちのほうまで散歩にくるって」

彼女は軍手を外すと、しゃがんでダックスフントの頭を撫《な》でた。

そりゃ何の話、とでも聞きたそうにダックスフントが僕を見上げた。

「あ、引っ越しだろ？　何か手伝うこと、ない？」

「ああ、いえ。もう終わりますから」

一度、軽トラックを振り返り、彼女は思い当たったように僕に目を向けた。

「あ、わざわざ？」

「いや、どうせ散歩のついでだったから」

「すみません。ちゃんと挨拶《あいさつ》もしないで。急に決まったものですから。落ち着いたら手紙でも出そうと思ってたんですけど」

「ああ、うん」

彼女がそう促したので、僕は紐《ひも》を引っ張り、歩き出した。彼女が隣に並んだ。

「安井先輩は、大丈夫ですか？　お見舞い、行こうと思ってたんですけど、まだ面会謝絶だって言われて」

「気にしないでいいよ。明日《あした》にも会えそうだって聞いた。君がそう言ってたことはちゃんと伝えておく」

僕らはしばらく黙って歩いた。自転車に乗った子供たちがわらわらと僕らを追い越していった。柔らかい日差しを楽しむように、手を携え合いながらゆっくりと歩く老夫婦とすれ違った。平和な日曜日の、平和な住宅街の、平和な昼下がりだった。

「安井先輩は」と僕の表情をうかがうようにしながら、彼女は言いづらそうに口を開いた。「本当に自分で飛び降りたんですか？」

「ああ、俺の目の前でね。やってくれるよ」

「私が突き落としたとか、そういうことじゃないんですね？」

「君が突き落とした？」と僕は眉《まゆ》をひそめた。「それ、何の話？」

彼女はすぐには答えず、しばらく後ろに手を組んで歩いていたが、やがて言った。

「前の学校での私の噂、聞いてます？」

「えらくモテてたって話ならね、うん、聞いてる」

「私が何人かの人を殺したっていう噂も？」

答えない僕に察したのだろう。彼女は頷《うなず》いた。

「昔からあったんです、そういうこと。出かけた覚えのないところで人に見られてたり、初めて会うはずの人に突然親しげに声をかけられたり。でも、言われてみると、その場所に出かけたような気もするし、その人と会ったことがあるような気もするんです。ずっと昔に夢で見たみたいに」

「気のせいだよ。頭から勘違いした相手に確信を持ってそう言われちゃえば、そういえばそんなこともあったかなって気になる。それに、初めて会ったっていうその人たちのうちの何割かはきっと嘘だね。俺だって、君みたいな子と町ですれ違えば、そう言いたくなる。やあ、ところでどこかで会ったことなかった？」

彼女はくすりと笑った。

「最初に同級生の一人が飛び降りて、その次が先輩で、その次が先生で、その次は後輩の女の子でした。好きだって言われて、でも私はその気持ちに応《こた》えられなくて、そのうち嫌がらせがどんどんひどくなっていって。殺したいとまでは思わなかったけど、迷惑に思ってたのは確かです。そう思ってみたら、その人たちが死んだ日は、私、いつも悪寒がしてたんです。ずっと調子が良かったのに、突然、調子が悪くなって、体がぶるぶる震えて、それが一日でけろっと治るんです。私が殺したっていう噂が立ったとき、そう言われてみればそんな気もしたんですよ。その人たちと屋上で、何かを話したような、そんな気が。だから、きっと、私の体にはもう一人の私がいて、そのもう一人の私がその人たちを殺したんじゃないかって、そんな風に思ってたんです」

「その悪寒、安井が飛び降りた日も？」

「そうでした。体の震えが止まらなくて、いても立ってもいられなくなって先輩のところに電話したんです」

「少なくとも、安井に関しては君は関係ない。俺の目の前で、俺が止めるのも聞かずに勝手に飛び降りたんだ」

「そうですか」

僕らは川べりの道に出た。そのまま川沿いに下れば、僕の家に着く。僕らはしばらく別れの言葉を考え、彼女が先に口を開いた。

それじゃ、と彼女は言った。

それじゃ、と僕も言った。

「あの、さあ」

一瞬、迷ったけれど、僕は彼女を呼び止めた。背を向けかけた彼女が振り返った。

「変なこと聞くみたいだけど」

「はい？」

「君が、その悪寒を感じたのって、うちの学校にきてからは安井のときが初めて？」

「そうですけど？」

「そう。いや、何でもない。手紙、待ってる」

「はい」

彼女は小さく微笑んだ。彼女が僕に背を向けて、僕も彼女に背を向けた。

「今、聞いたことは誰にも言うなよ」

川沿いに歩き出しながら、僕はダックスフントに語りかけた。

「ニヤケの死に彼女は何の関係もない。それと同じくらい、安井も何の関係もない。安井の言う通り、安井は誰かの影を見かけたような気がして、そのあとを追っかけたんだ。取り残されたニヤケは、空があんまり晴れていて、ちんぽこ丸出しの自分の姿があまりに惨めに思えて、急に人生が虚《むな》しくなって、だからズボンを上げもせずに、手すりを乗り越えて、飛び降りたんだ。そうだろう？」

どうだかね、とでも言うようにダックスフントは鼻を鳴らした。

「仮に、だ。仮に、誰かがニヤケを手すりの前に立たせ、その前にひざまずき、ズボンを下ろし、咄嗟《とっさ》に抵抗できないような不自由なその体勢のニヤケの足をすくい上げて、あとは後ろを振り返りもせずに屋上から立ち去ったとしたところで、それはきっと、地球の重力と、その日の天気が馬鹿みたいによかったせいだ。誰も悪くなんてない。そうは思わないか？」

まあ、それならそれで、とでも言うようにダックスフントは鼻を鳴らした。

「なあ、俺たちは友達だよな」

テケテケと忙《せわ》しなく短い足を動かしながら、その真意を探るようにダックスフントはちらりと僕を見上げた。

「今日のぶっかけご飯には卵を二つ入れてやる」

そりゃ結構、とでも言うようにダックスフントは鼻を鳴らした。


安井の退院までにはふた月かかった。怪我が治ると、安井は卒業を待たずに家を出た。夜中、ドアを叩《たた》く音に、ベッドから起き出してみると、大きなスポーツバッグを提げた安井が立っていた。その夜、安井は僕のベッドで寝て、僕はベッドの下で寝て、僕らの間にはダックスフントが寝た。僕が起きたときにはもう、安井は部屋を出ていったあとだった。一行だけの書置きが残されていた。

始発に乗る。

ずいぶんあとになって、一度だけ年賀状が届いた。小さな赤ん坊の写真を裏返すと、差し出し人の苗字《みょうじ》は安井ではなくなっていた。

神部は美大に進み、そのまま大学に居残って、今は講師になっている。いつごろからか、会話を単語ですます癖はなくなっていた。一度、神部が絵の仲間たちと開いたグループ展を見に出かけた。久しぶりに会った神部は髪を長く伸ばし、ピアスをしていた。話したいことはいくらもある気がしたけれど、実際の神部を前にすると、僕らの間に話すべきことはあまり多くなかった。僕らは言葉少なに展示されている絵を見て回った。一枚の絵の前で僕らは足を止めた。神部の出品した絵は、昔、描きかけていたあの絵だった。淡い光の中、俯《うつむ》く彼女とその背中合わせに空を見上げる二人の彼女が描かれていた。彼女はそんな顔をしていたようにも思えたし、全然違う顔だったようにも思えた。

「元気かな、彼女たち」

その絵を眺めながら、神部がぽつりと言った。

彼女、たち？

聞き返そうとして、やめた。

「お前は天才だ」

僕が肩を叩いてそう言うと、満更でもなさそうに神部は笑った。

そして、彼女。彼女がその後、どうしたのか、僕は知らない。約束した手紙は、結局届くことはなかった。

時折、彼女のことを思い出す。彼女の記憶はどんどん曖昧《あいまい》になっていき、僕はそのスピードに少し驚く。いつしか彼女のことは「昔、知っていたちょっと不思議な感じの女の子」として記憶の片隅にしまいこまれ、思い出せるのは彼女の奇麗な髪の毛くらいになってしまうように思う。それでは少し悲しい気もするけれど、仕方がない。僕は大人になったのだ。

今となっては、ことさら意識して足を向けることもないけれど、それでも時折、昔通っていた高校の前を通りかかることがある。以前と変わらないはずの校舎の姿に、僕は思わず足を止める。あのころ、僕らを閉じこめていた檻《おり》はこんなにも小さなものだったのかと。僕は少しだけネクタイを緩めて、じっと自分の胸の奥を探ってみる。けれど、今の僕がそこに探り当てられるのは、小さな穴ぼこの輪郭だけだ。その穴ぼこは二つのことを僕に教えてくれる。以前、そこには確かに何かが存在していたということと、今、それは確かに存在しないということ。

あのころ、あんなにも眩《まぶ》しく見えていた彼女の名前を、今はもう覚えていない。

# イエスタデイズ

広い病室だった。シックな色で統一された床のタイルとカーテン。大きなテレビ。柔らかそうなソファー。壁には藤田《ふじた》のリトグラフまでかかっている。病室のくせに、部屋の本質であるべきベッドのほうが場違いに感じられる。

そのベッドの上で親父は静かに目を閉じていた。規則正しく上下する胸の動き以外に、親父の生を証《あか》すものはなかった。適度に調整された室内の温度も、窓から漏れる柔らかな日の光も、窓際に飾られた花の赤さも、すべてが残り短い親父の命のためにそうあるかのように思えた。僕は着ていたジャケットを壁にかけると、窓際へ行き、わざと乱暴に窓を開け放った。病院の白い壁に三方を囲まれた中庭には、老女の車椅子を押す看護婦と木陰でまどろむ黒い猫の姿があった。都心の一角とは思えない、静かな六月の昼下がりだった。

親父が目を覚ましたのは振り向いてみなくてもわかった。それでも親父は何も言葉を発せず、僕は僕で窓の外を眺め続けた。老女の乗った車椅子が中庭から姿を消した。猫は一つ大きく伸びをしてから、軽やかな足取りでどこかへと歩いていった。雲の切れ間から差していた日の光が薄い雲に覆われ、地表にその影がゆっくりと広がっていった。

「久しぶりだな」

流れる堅い時間に先に根負けしたのは親父のほうだった。聞き慣れた低い声が耳に届いた。その声はいつものように僕の胸の中に反発の卵を産みつけた。卵がかえらないように一つ深呼吸をしてから、僕は声を振り返った。僕と目が合うと、親父は意味もなく一つ頷《うなず》き、それから窓の外へ視線を逸《そ》らした。

「だいぶ、悪いんだって？」と僕は聞いた。

「病人を見舞ったときはな」と窓の外を眺めたまま、親父はつまらなそうにそう応じた。

「嘘でもいいから、お元気そうじゃないですかとか何とか言っておくもんだ」

「だいぶ、元気そうじゃない」

親父はくすりともしなかった。僕は窓から離れ、ベッドの脇にあった椅子に腰を下ろした。丸一年ぶりに見る親父の顔は、驚くほど老け込んでいた。そこにある染みと皺《しわ》のうち、見覚えのあるものはどれとどれだったろうと僕は考えた。

「お前は、どうだ？」

「まあ、何とかね」

「大学は？」

聞いたあと、親父は乾いた咳《せき》を漏らした。咳を黙殺し、僕は質問だけに答えた。

「この春にもぐり込んだ。歴史の長さだけが取り柄の二流大学だけど」

「そうか」

親父は大儀そうに体を起こした。危うく伸ばしかけた手を僕はかろうじて制した。親父はゆっくりとした動作でシーツにかけてあったカーディガンを肩に羽織った。

「手術は？」と僕は聞いた。

「医者は切りたがってるが、今となっては体力を落とすだけだろう。無駄だ」

「そう」

無駄なことはしない。親父はそういう人だった。そういう人だから経営者になったのか、経営者をしているうちにそういう人になったのか、僕は知らない。

「金はどうしてる？　足りてるのか？」

「足りないって言ったらくれるのか？」

「やるって言ったら受け取るのか？」

一瞬だけぶつかった視線をすぐに外し、僕と親父はどちらからともなく笑った。

「バイトもしてるし、まあ、何とかやっていける」

「そうか」

親父は頷いて、黙り込んだ。

僕の住むアパートに親父からの電報が届いたのは昨日のことだった。売り言葉に買い言葉で家を飛び出してから一年。親父にはもちろん、お袋にも兄貴たちにも知らせていないアパートの住所をどうやって親父が探り当てたのかはわからない。もっとも、そのこと自体にさほど驚きはしなかった。その気になれば、僕が地球の裏側にいたって親父は探し当てるだろう。それくらいの社会的能力は持っている人だ。だから、この一年間、親父から連絡がなかったのは、僕なんかに用がなかったというそれだけのことに過ぎない。電報には、自身が癌に冒されていて長くはないことと、早急にしたい話があるということ、それに病院の住所とが簡潔に記されていた。電話でも手紙でもなく、電報というのが親父らしい。機械的な文字の並ぶ電報を眺めて、僕はただそう思った。

「それで」と僕は聞いた。「話があるって？」

「ああ」

頷いた親父は、次の言葉に躊躇《ちゅうちょ》した。開け放した窓から吹き込んできた風がカーテンを揺らした。

「実はな」

風に目を細めた親父はそう言いかけ、また少し迷った。珍しいことだった。

「実は頼みがあるんだ」

しばらくの躊躇のあと親父が選んだ言葉に、僕は驚いた。逸らした視線の先にあった花の赤い花びらが風に吹かれて落ちたのは、もちろん、ただの偶然だろう。

「頼み、ね」と足元に落ちた花弁を拾って、僕は言った。「人間、死期が近づくと素直になるもんだ」

「死期か。そうだな」

僕は親父に見えないように花びらを指先で丸めて、ベッドの下に弾《はじ》き捨てた。その間に親父は枕元を探り、少し大き目のノートを取り出した。黙って突き出されたそのノートを僕は受け取った。スケッチブック。かなり古いもののようだ。元は緑色だったらしい表紙が黄色く変色していた。僕が見返すと、親父は促すように顎《あご》を一つしゃくった。僕は最初のページをめくった。鉛筆で描かれた素描だった。どこかの港らしい。積み上げられたコンテナの向こうに港につながれた貨物船が見える。コンテナの周りには荷物を運ぶ男たちの姿が描かれていた。力強いモチーフとは裏腹な繊細な線の組み合わせが、画面全体をどこか陰鬱《いんうつ》なものにしていた。

「暗いな」と僕は思わず言った。

親父は何も言わなかった。僕は次のページをめくった。満開と思える桜の木の下に、誰もいないベンチがぽつんと一つあった。満開の桜の艶《あで》やかさも、舞い散る花びらの華やかさも、ベンチに誰もいないという寂しさを引き立てる役割しか果たしていなかった。

「ひねくれた絵だ」と僕は言った。

「大きなお世話だ」

親父が呟《つぶや》いた。ページをめくりかけた手を止めて、僕は親父の顔をまじまじと見つめた。親父は怒ったように視線を逸らした。

「これ、親父が？」

「もう三十五年も前の話だ」

「絵を描いていたのか？」

「もう三十五年も前の話だ」

「知らなかったな」

「だから、もう三十五年も前の話だ」

次のページへ行こうとした僕の手を、親父の苛立《いらだ》った声が制した。

「最後だ」

「え？」

「最後のページだ」

僕は途中を飛ばし、一番最後のページを開けた。そこには、片方の足だけを抱えるようにして座る裸の女の人が描かれていた。奇麗な人だった。素直に伸びた髪が肩を越えて胸の辺りまで達していた。微《かす》かに首を傾げたポーズは幼さを感じさせたが、すらりとした眉《まゆ》と体のラインが少女と呼ばれることを拒絶していた。

「誰？」

僕は当然の疑問を口にした。

「恋人だ。そのころ付き合っていた」

親父は年甲斐《がい》のない言葉をぼそりと言ってのけた。

「そう」

僕はもう一度、スケッチブックに目を落とした。線の一つ一つは前の二つの絵と変わらない。それでいてその絵には、前の二つの絵とは圧倒的に違う何かがあった。

「その人と付き合ってたのは、ずっと昔。母さんと知り合う前のことだ」

「そう」

親父はじっと僕を見つめ、それから宣言するように言い放った。

「その人と俺の子供がいる」

僕は驚いて親父を見返した。親父はその視線を避けた。頬のこけた親父の横顔は、本気でなじるにはあまりに頼りなさげで、僕は出かかったいくつかの言葉を喉《のど》に押し込み、どうでもいいことを聞いた。

「兄貴？　それとも姉貴？」

親父は力なく首を振った。

「俺も知らないんだ。いや、生まれたかどうかも」

「どういうこと？」

「その人と別れたとき、その人のお腹には俺の子供がいた」

「それで、どうして別れたりしたんだよ」

「知らなかったんだ。そのとき彼女が妊娠していたというのは、別れてかなり経ったあと、母さんと結婚したあとに彼女の友達から知らされた。もちろん探したが、見つけられなかった。彼女は俺と別れた直後、誰にも何も言わずに姿を消していた。だから、彼女がその子を産んだのかどうかはわからない。けれど、俺は産んだと思う」

そういう人なのだろう。すらりとした眉に頑《かたく》なな意志を見出《みいだ》せないこともなかった。

「マヤマミオ」

「何？」

「真実の山にさんずいのゼロで真山澪《まやまみお》。彼女の名前だ」

親父は窓から視線を離して、僕を見つめた。言いたいことがわかるだけに、僕は親父から視線を逸《そ》らして、窓の外を見遣《や》った。受けるべきか、断るべきか。けれど僕が答えを出す前に、親父は僕が予想した通りの言葉を口にしていた。

「彼女を探して欲しい。いるのなら、その子供も」

他にどうしようもなく、僕は親父に聞かせるためだけにため息をついた。親父はそれでも視線を逸らさず、僕の答えを待っていた。今度は本物のため息が口をついた。

「できの悪い末っ子に頼まなくたって、できのいいのが上に二人もいるだろ？」

「あいつらに任せられると思うか？」

「家では息子で、会社では部下だ。親父が命令すれば、僕なんかより必死で探してくれるさ」

「馬鹿を言え」

長い会話に疲れたように、親父は深い息を吐いた。

「俺は長くはない。そんなことはどうでもいいが、いらんものを持ち過ぎた」

いらんもの？

思わず皮肉な笑みが漏れた。

僕の目から見た親父の人生は、そのいらんものを延々と積み上げていく作業でしかなかった。

「よく言うよ」

僕の呟きを無視して親父は言った。

「今、俺が死ねば、財産の半分は母さんに、残りはお前ら兄弟三人で分けることになる。だけど、そこにもう一人出てきてみろ」

「取り分が減るってわけだ」

「そうだ。あいつらが真面目に探してくれるわけはない」

「条件は僕も一緒さ」

「条件はな。でも、お前は違う」

「買いかぶり過ぎだよ」

「なあ、俺には時間がない。無駄な会話はさせないでくれ」

親父はぐったりと目を閉じた。

「上の二人なんて、お前は遺産を放棄するものとして、取り分を計算してるだろうよ。実際、お前は俺の財産なんか受け取りはしないだろう。何が気に入らんのかは知らんけどな」

そのことなら、病室に入ったときから僕もずっと考えていた。なぜ、僕と親父は仲が悪かったのだろう。一年前、些細《ささい》なことに端を発したいつもの口論は、いつもの口論だけでは終わらなかった。その年の大学受験に失敗して、僕自身がかりかりしていたということもある。そのときの親父の機嫌がたまたま悪かったということもある。十八の春に年甲斐もなく家出という暴挙に出た僕は、アルバイトをしながら自活を始めた。けれどそれは時間の問題でしかなかった。そのときでなくても、僕はいずれ家を出ていただろう。僕は物心ついたときから親父を嫌い、また親父に嫌われていたように思う。

「探し当てて、それでどうする？　向こうにしてみれば迷惑なだけかもしれない。あんたなんか知らない。遺産なんかいらないって言うかもしれない」

「それならそれで構わない。自分の立場を主張する気もないし、遺産を押しつけるつもりもない。ただ俺で何かできることがあるのなら何かをしてやりたいと思う。何でもしてやりたいと思う。困っていないというのならそれで安心するし、困っているけど助けはいらないというのならそれで納得する。つまりは俺の気分の問題だ」

「気分、ね」

「ああ」

「いい気なもんだな」

「最後くらいいい気にさせろ。未練を残せば成仏もできまい」

　真山澪。

　僕は膝《ひざ》の上で広げたままにしていたスケッチブックに目を落とした。そのときになって、僕はようやくその絵が他の絵と違って見える理由を悟った。いや。悟ったのだと思う。つまり親父はこの人を、つまり愛していたのだろう、と。

「やってくれるのか？」

自分で頼んでおきながら、親父は意外そうな声を上げた。

「仕方ないだろ」

僕は憮然《ぶぜん》として言った。

「恩に着る」

親父が深々と頭を下げた。初めての、思いもよらぬ事態に僕は面食らった。

「見も知らない兄弟がどこかにいるってのは、気分のいいもんじゃない。僕の気分の問題さ」

親父は頭を上げて微かに笑った。

「手がかりは？」

僕は重ねて聞いた。

「あまり多くない」

親父は言って、記憶を探るように正面の壁を睨《にら》んだ。

「三十五年前、彼女は横浜に住んでいた。元町《もとまち》の外れにあるアパートだ。だが、俺が探したときにはもう、そこを引き払っていた。当時は音大に通っていたんだが、そこも辞めていた。多摩《たま》音楽大学。ピアニストを目指していたんだ」

「実家に戻ったんじゃないの？」

「手がかりは？」

「俺と付き合っていたころ、すでに彼女のご両親は亡くなっていた。彼女に頼れる実家はないはずだ」

「彼女の友達とかは？」

「クジさん、といったな。大学の同級生で仲の良い友達が一人いた。彼女と三人で何度か会ったことがある。久しく慈しむで久慈《くじ》さん。彼女が妊娠していたというのを教えてくれたのもその人だ」

「その久慈さんは本当に真山さんの居場所を知らないの？　親父に教えなかっただけじゃないのか？」

「そうかもしれないな」と親父は頷《うなず》いた。「けれど、久慈さんが今どこにいるかはわからない」

「他には？」

親父は黙って首を振った。

「好きなものとか、嫌いなものとかは？」

「それが手がかりになるのか？」

「参考までにさ。興味あるじゃない。自分の父親がどんな人に恋をしていたか」

親父は苦笑した。思いがけず、若々しい笑顔だった。

「好きなものはショパンとかすみ草。嫌いなものは乗り物全般」

「乗り物？」

「酔うんだ。すぐに」

ショパンとかすみ草が好きで、乗り物に弱いピアニストの女の子に恋をしていた絵描きの青年。その青年と今の親父とを結ぶのは三十五年の時間だという。だったら僕はその三十五年をどうしても好きになれそうにない。親父自身はどうなのだろう。そんなことをしばらく考え、その無意味さに僕は首を振った。

「それで」とスケッチブックを閉じて、親父に聞いた。「デッドラインは？」

「一ヶ月から三ヶ月」

事もなげに親父が言い、僕は息を飲んだ。それは僕が予想したよりもはるかに短い時間だった。

「先がわかっているだけいい」

息を飲んだ僕を見て、親父は軽く笑った。

「俺の親父なんて、ある日、ぽっくりだったからな。突然倒れて、入院して、その二日後に病院に行ってみたら、もう死んでた。意識を取り戻さないままな。それに比べればいいほうだ。先がわかっているだけ準備ができる」

それが強がりなのか、本気なのか、僕にはわからなかった。どちらにしても、親父らしい言い分だった。

「そう」

飲んだ息を吐き出しながら、僕は頷いた。

「これ、借りるよ」

親父が頷いた。僕はスケッチブックを持って立ち上がった。壁のジャケットを取り、何と声をかけたものか僕が思いを巡らせていると、病室のドアが開いた。

「おう。きてたのか」

二番目の兄、和也《かずや》だった。大学を出て二年間は修行と称して他社で働いていたが、その後に親父の会社に入り、今は吉祥寺《きちじょうじ》にある輸入雑貨店を任されている。僕は咄嗟《とっさ》にスケッチブックをジャケットに包んで隠した。

「久しぶりだね」

「ああ。本当に久しぶりだな」

にこやかに頷きながら、和也はふと眉《まゆ》をひそめた。

「ここ、誰に聞いたんだ？」

「俺が呼んだ」

親父がぼそりと答え、和也は訝《いぶか》しそうに僕と親父を見比べた。眉の辺りに警戒心が漂っていた。割るべき数が二から三に増えることを憂いているようにも見えた。

「何だ。老い先短い父親が、息子を呼んじゃいけないのか？」

「何を気の弱いこと言ってるんだよ。親父はまだまだ元気さ」

なあ、と和也は僕を振り返った。それを真顔で言ってのけられる和也が、僕はどうしても好きになれなかった。和也が僕の座っていた椅子に腰掛ける間に、親父は目線だけで僕に行くように促した。

「それじゃ」と僕は和也に声をかけた。

「何だ。もう行くのか？」

「ちょうど帰るところだったんだ」

「どこに住んでるのか知らないけど、そろそろ家にも顔を出せよ。うちも親父がこんなことになって……」

「そのうち顔を出すよ」

和也の説教が本格的になる前に、僕は病室を出た。肉食獣の鋭さは持ち合わせていないが、和也は草を反芻《はんすう》する牛のような執拗《しつよう》さを備えていた。一度、説教が始まると、それが愚痴になり、泣き言になり、元の説教に戻って結論に至るまで、小一時間はかかる。それに付き合える気分でもなかった。

廊下では重い静寂が待ち構えていた。スケッチブックを足に挟んでジャケットに袖《そで》を通しながら、僕はこれからくる夏を思った。その先にある夏の終わりを思った。そこに親父はいないということが、今ひとつ現実感を伴って胸に迫ってこなかった。人は生まれ、老い、土に還《かえ》る。当たり前に繰り返されるそのプロセスの最終章に親父は今、足をかけている。そう言ってしまえばそれは、ただそれだけのことに思えた。

若いころの親父のことを僕はよく知らない。親父自身が話そうとしなかったのか、あるいは僕が聞こうとしなかったのか。その両方だったような気もする。もっとも、お袋や兄貴たちからその概略は聞かされていた。

若くして父親を亡くし、借金だらけのレストランを引き継いだ親父は、わずか五年で東京を中心に六つの店舗を築き上げた。成功の秘訣《ひけつ》は、親父が料理なんかに少しも情熱を傾けなかったという点だろう。親父は良いコックよりも、良いウェイターと良いウェイトレスに重きを置いた。

「味の違いのわかる客がいったい何割いると思う？　一割？　まさか。その半分もいないだろうな」

それが親父の意見だという。

「だが、接客の良し悪しは誰にでもわかる。そして何より、良い料理人を一人作るより、良い給仕を一人作るほうがはるかに安上がりだ。とにかく笑って、とにかく頭を下げておけばいい。毅然《きぜん》となんかするな。何が起こっても、何を言われても、とにかく馬鹿みたいに笑って頭を下げていられりゃ、それが良い給仕だ。卑屈なくらいでちょうどいい」

親父は親父の基準による良いウェイターとウェイトレスを揃えた。簡単なことだ。学生アルバイトたちへの指導を徹底したのだ。値段は安過ぎず、高過ぎず。店は繁盛した。

そして訪れたバブル期に親父は見事な嗅覚《きゅうかく》を見せた。バブル崩壊後、親父の手元には巨額の富が残っていた。巨額の富は資本となって、今もせっせと利子を回収している。

飲食店に輸入雑貨店、自然食料品店、貸しビル業。親父ですらその全体像を把握できているのかどうか、わかったものではない。

僕が物心ついたときにはもう、親父はワンマン社長にありがちな寡黙さと頑固さを身につけていた。反発した僕の中に、多少の甘えがあったことを、今ならば理解できる。そして親父はその甘えを許さなかった。僕の甘え方が下手だったのかもしれないし、親父の受け止め方が下手だったのかもしれない。十代も半ばを迎えるころには、僕と親父の仲はもう修復のしようがなくなっていた。どこをどうすれば、ということではなく、つまるところ僕と親父の相性は悪過ぎたのだろう。一年前、出て行こうと荷物をまとめる僕を見ても、家族は誰も止めなかった。お袋は半ば呆《あき》れたような、半ば投げ出したような苦笑を見せて、少しばかりの金を僕に押しつけた。

「お前は父さんに似過ぎたんだよ」

僕は抗議を込めてお袋を見返した。

「そのうちわかるよ」

お袋の言う「そのうち」はまだ訪れていない。

アパートの部屋に戻り、電話で問い合わせてみたが、多摩音楽大学には真山澪の古い住所しか残されていないようだった。横浜市中区で始まる住所を一応書き留めた上で、僕は久慈という卒業生がいないかを問いただした。

「久慈？　そのころうちを卒業した久慈っていうと、久慈つぼみのことかなあ」

耳か鼻かをほじくっていそうなのんびりした声で相手は答えた。

「久慈、つぼみさん？」と僕は聞き返した。

「そっかあ。知らないよなあ」

嘆くように呟《つぶや》いた相手は、久慈つぼみがいかに優れたピアニストであるかを滔々《とうとう》と説明し、その名前を知らない僕がいかにクラシックに理解がないかを縷々《るる》となじり、現在、国内のクラシックプレイヤーたちがいかに不遇な地位にあるかを延々と力説し、今週中に小澤征爾《おざわせいじ》と朝比奈隆《あさひなたかし》のCDを聴くことを僕に確約させた上で、ようやく久慈つぼみが所属している音楽事務所の連絡先を教えてくれた。そちらへ電話してみると、やけに事務的な物言いをする女の人が出た。僕が名乗り、用件を切り出す前に、誰か他の人と誤解したらしい。彼女はあっさりと久慈つぼみの自宅の電話番号を教えてくれた。

「学生相手ならギャラは発生しないと思うけど、彼女が出演を了承したら、その後のやり取りはこちらを通してください」

「わかりました。そうします」と僕は言った。

受話器を置いて時計を見ると、午後の三時になろうとしているところだった。中途半端な時間に在宅を危ぶみながらも、僕は教えられた番号に電話をかけてみた。

「はい。丸山《まるやま》です」

返ってきた思いがけない若い女性の声と予想とは違う苗字《みようじ》とに僕は慌てた。

「ああ」と相手は軽く笑った。「久慈つぼみにご用ですか？」

「はい。事務所にこちらの番号を教えていただきまして」

「母なら、今、ドイツへ行っております。戻ってくるのは九月になりますが」

三ヶ月後。親父の根性と医療の進歩が折り合っても、もつかどうか、微妙なところだろう。

「母とおっしゃいますと、あの、失礼ですが、久慈さんの」

「ああ。娘です。仕事上、母は旧姓を名乗っていますが」

「あの、実はですね、ある人を探しておりまして、その方が久慈さんと親しかったと聞いたものですから、ひょっとしたら久慈さんならその方の居場所をご存じではないかと思いましてお電話したのですが。あの、久慈さんから真山という名前を聞いたことはないでしょうか」

「真山さん？」

「ええ。真山澪さん。久慈さんと同じ大学に通っていたはずなんですが」

「すみません。ちょっと私では」

「そうですか」

「母から連絡があったら聞いてみますが、何せ気ままな人ですから、こちらからは連絡をつけられなくて」

その気まさについて何かを思い出したようにくすりと笑った相手は、慌てて申し訳なさそうな声で付け足した。

「すみません。お力になれないみたいで」

「いえ、そんな」

僕はアパートの電話番号を伝えて、電話を切った。あまりの手がかりのなさにしばらく頭を抱えてから、僕は古い住所が書かれたメモを手にして、腰を上げた。気分の問題だ、と親父は言った。そう。それは気分の問題だった。あるいはそれは気分の問題でしかなかった。だったらやれることをすべてやればそれでいいはずだ。仮にそれで結果が出なかったところで、あの世から文句を言って寄越すほど、親父も恨みがましくはあるまい。

ＪＲの駅で降り、買い物客を縫うようにして長い商店街を突っ切った。国道にぶつかる手前で右に折れて急な坂道を上り、外人墓地を横目に見ながら、僕は目的の住所を探した。三十五年も前の話だ。半ば取り壊されていることを覚悟していた。が、電柱の住所表示を確認し、何度か人に尋ね、鬱蒼《うっそう》と木に覆われた石の階段を下りていくと、階段を下り切る途中の左手にその二階建てのアパートはあった。建てられた当初はかなりモダンな建物だったのだろう。けれど今は空色の外壁も剝《は》がれ落ち、中の絶縁材が剝《む》き出しになっていた。ほとんどの部屋の窓は割れていた。誰かが「参上」した旨がスプレーで誇らしげに書き殴られていた。修繕するくらいなら建て直したほうが早そうだ。いまわのきわに間に合った。どうやらそれだけのことらしかった。

どう眺めてみても、人の住んでいる気配はなかったが、僕は半ば意地になって二階へと上がる外階段に足をかけた。木の階段は僕が体重を乗せるたびに悲鳴を上げた。ぎしぎしと不平を漏らす廊下を突き当たりまで進み、一番奥の部屋のドアをノックした。ことさら中の様子をうかがうまでもなく、人の気配は感じられなかった。からかうようなカラスの鳴き声が遠くで聞こえた。僕は自分の行動に自分で苦笑しながら、ドアのノブに手をかけた。鍵《かぎ》はかかっていないようだった。僕はドアを引き開けた。今度はカラスとは違う鳥の鳴き声がした。空気を切り裂くような冴《さ》えた鳴き声にその姿を目で探しながら部屋に入った僕は、そのままドアを閉め、振り返った部屋の中に目を遣《や》って、思わず声を上げてしまった。

「あ」

部屋の中で抱き合っていた男女が僕を振り返り、それから慌てて体を離した。男は怒ったように僕を睨《にら》み、女は恥ずかしそうに目線を下げた。

「すみません」と僕は二人から視線を逸《そ》らして、謝った。「まさか、人がいるとは思わなくて」

「アパートのドアを開けて、まさか人がいるとは思わなかったって、そんな言い分あるかよ」

なおも怒ったように僕を睨みつけたまま男が言った。年は僕と同じくらいだろうか。繊細そうな目をしていた。怒っていることを何とか伝えようと肩を怒らせてはいたが、ひょろりとした体つきと育ちのよさそうな顔立ちのせいで、大して迫力は感じられなかった。人目を忍ぶために勝手に入ったカップルだろうかと一瞬そう思った僕は、部屋の中の様子にその考えを訂正した。畳敷きの狭い部屋の真ん中に丸い卓袱台《ちゃぶだい》が置かれていた。壁際には鏡台とタンスと本棚があった。どうやら、ここに住んでいるらしい。確かにアパートだ。古かろうが、ぼろかろうがアパートだ。人が住んでいていけないという法はない。

「何か、ご用ですか？」

女のほうが聞いて、僕は彼女に目を向けた。こちらも僕と同じ年頃だろう。奇麗な人だった。柔らかそうな髪が肩まで伸びていた。乾いた色のワンピースの上に白いカーディガンを羽織っていた。シンプルな服装がかえって彼女の美しさを引き立たせていた。

「あ、あの、ですね。実は前にこの部屋に住んでいた人を探しているんです。あの、前にって言っても、ずっと前のことですし、ご存じないですよね？」

二人を見比べながら僕が言うと、男が問いかけるように彼女を見た。どうやら部屋の借り主は彼女のほうらしい。

「ええ。前の住人のことはちょっと」と彼女は僕に言った。

「そうですよね」と僕は頷《うなず》いた。

きびすを返そうとも思ったが、微《かす》かな違和感が僕の足を止めていた。その違和感をただすためには、何かを聞くべきなのだとわかってはいたが、何をどう聞いていいのかわからなかった。間の悪い沈黙は、男の声に救われた。

「なあ、君は大学生？」

先ほどよりは柔らかい口調だった。目を向けると、彼は微かに戸惑ったように僕の顔を眺めていた。

「ええ、まあ」と僕は頷き、大学の名前を答えた。

あの大学に知り合い、いたっけな。

呟いた彼は、僕に聞いた。

「俺たち、どこかで会ったことなかった？」

言われて僕は違和感の元に思い当たった。

「そうですよね」と僕は頷いた。「僕も、今、そう聞こうと思ってたところなんです」

「やっぱりね」と彼は僕の顔を眺めたまま頷いた。「たぶん、どこかで会ってるよな。うん。絶対、会ってるよ」

僕は改めて彼を眺めてみた。大きな鼻と薄い唇。繊細そうな目の上にあるきかん坊みたいな太い眉《まゆ》。確かにどこかで見たことがある顔のような気がしたが、うまく思い出すことができなかった。ぼんやりとした記憶の芯《しん》を探ろうとすると、頭がそれに抵抗するかのような軽い眩暈《めまい》が生まれた。立ちくらみに似た眩暈は、じっと目を閉じてみても、立ちくらみのように引いていってはくれなかった。

「あの、気分でも？」

おずおずとした彼女の声に目を上げた。二人は怪訝《けげん》そうに膝《ひざ》に手をついた僕を見ていた。

「ああ、いえ。大丈夫です。長く歩いたから、ちょっと疲れたみたいで。大丈夫です」

彼女が許可を求めるように彼をちらりと見て、彼が微かに顎《あご》を引いた。

「上がりませんか？　立ち話も変ですから」と彼女は言った。

いいえ、と断りかけた頭に、体が異を唱えた。水の中にすっぽりと浸《つ》かったように、足が変に重く、体全体がだるかった。そのまま駅まで取って返す気にもなれず、僕は誘われるままに靴を脱ぎ、その部屋に上がり込んだ。

入ってすぐ左手に流しがあった。右手のドアはトイレだろう。バスルームはないようだ。二人がそうしたので、僕も卓袱台を前にして座った。

「あ、お茶、淹《い》れます」

一度は座った彼女がすぐに立ち上がり、ああ、と頷きながら、彼は煙草を取り出した。銘柄はハイライトだったが、パッケージは僕の見知っている青地のものではなく黒地だった。ハイライトに続けて、デラックス、と英字で綴《つづ》ってある。最近出た新製品かもしれない。すすめられた一本を僕は首を振って断った。それを自分でくわえて、彼は火をつけた。彼の吐き出した白い煙が僕の前をゆっくりと流れていった。眩暈は収まる気配を見せずに、くるくると同じ方向に渦を巻いていた。巻いた渦の中心から眠気が生まれた。僕はあくびをかみ殺し、指でこめかみを押した。

不意にコーヒーの匂いがした。目を遣ると、彼女がカップにお湯を注いでいるところだった。煙草を根元まで吸い終えた彼が、灰皿に煙草を押しつけていた。

やけに早いな。

ぼんやりとした思考の中で僕は思った。お湯が沸くのがやけに早い。彼が煙草を吸い終えるのも。

時間を知ろうと腕に目を遣ったが、いつもしている腕時計がなかった。アパートに戻ったとき腕時計を外したことを思い出した。

僕は窓の外に目を向けた。この角度なら、日本一の高さを謳《うた》い文句に建てられた高層ビルが見えるはずなのだが、窓からその姿を見つけることはできなかった。そのことを彼に聞こうとした。

あのビル、取り壊されたんだっけ？　それにしたって、どうしてこんなに早くお湯が沸くんだ？　その煙草、本当に最後まで吸ったのか？

僕はもう一度こめかみを強く押した。思考が拡散する。浅い眠りに手をかけたときのように、脈絡のない多種の思考がまったく同時に浮かんでは消える。覚醒《かくせい》を求めて吸い込んだ空気は、けれど思考を一層鈍重にしただけだった。

「コーヒー、お嫌いでした？」

彼女の声に顔を上げた。いつの間にか彼女が卓袱台に戻っていた。僕の前に白いマグカップが置かれていた。自分の分の黒いマグカップを口に当てて、彼も不審そうに僕を見ていた。

「ああ、いえ」と僕は言った。「いただきます」

僕はマグカップを手に取った。苦さと熱さを期待して口をつけた。けれど、コーヒーは苦くも熱くもなかった。何の味もしなかった。どんな温度も感じなかった。ただ空気が流れるように、コーヒーは僕の喉《のど》を流れた。

「人をお探しでしたよね？」

カップが足りなかったのだろう。自分の分のコーヒーが入った茶色い湯飲みを包み込むように両手で持って、彼女が聞いた。

「ええ。父の古い知り合いです。昔、このアパートのこの部屋に住んでいたはずなんです」

「昔って」と彼が笑った。「そんなに古くないだろう？　このアパート」

「うん」と彼女が頷いた。「でも、私の前にも借りてた人はいたはずだし」

「それ、どれくらい前の話？」

彼が僕に聞いた。三十五年ほど前です。そう答えようとして、思い留《とど》まった。部屋の壁も柱も窓枠も、真新しいとは言えなくとも、そう古いものではなかった。とても三十五年前から建っているアパートには見えなかった。僕はもう一度窓の外に目を遣った。

高層ビルはやっぱり見当たらなかった。僕の見知らぬ世界はあまりにあっさりとそこに存在していて、おかしいのはお前のほうだと主張していた。

「僕もよく知らないんです。たぶん、そんなに前のことじゃないと思うんですけど」

ふうん、と呟《つぶや》いた彼は、ふと思いついたように顔を上げた。

「あ、まだ名前も聞いてなかったよな」

そう言って彼は、僕の知っている名前を名乗った。僕はまじまじと彼を眺めてみた。彼もあまりにあっさりとそこに存在していて、僕は一つ首を振ってから、話を世界に合わせるために大学の友人の名前を借りた。

「山崎《やまざき》です」

山崎？　やっぱ知らないな。

彼は首をひねってから、聞き直した。

「それで山崎はどうしてその人を探してるの？　詳しく話してみてよ。何か力になれるかもしれない」

彼が真面目な顔で言った。ひどく大掛かりでタチの悪い悪戯《いたずら》に巻き込まれているような気がした。けれど、僕が吹き出したところで、二人が笑いながら種明かしをしてくれそうにはなかった。彼も彼女も生真面目な顔で僕の答えを待っていた。

「人に話すような話じゃないんです」と仕方なく僕はそう答えた。「少しセンチメンタルで、多少ノスタルジックなだけです。それにしたって大した味付けじゃない。聞きようによっては、不快感すら覚える話です」

ふうん、面白そうだけどな、と彼が笑い、しつこく聞いちゃ失礼よ、と彼女がたしなめた。

「大家さんに聞いてみますか？　確か、住所が」

彼女は立ち上がり、本棚の辺りを探し始めた。何となくその動作を目で追った僕は、本棚の横に立てかけるように置かれていた見覚えのあるものに目を留めた。

「あの、それって」

彼と彼女が同時に僕の視線を追い、同時に動いた。それを手にしたのは彼女のほうが先だった。

「馬鹿。よせよ」

伸ばした彼の手を押さえ込むと、彼女はころころと笑いながら僕にそれを差し出した。

「ね、よかったら、見てやって」

僕はそれを受け取った。緑色の表紙のスケッチブックだった。僕がそれを卓袱台《ちゃぶだい》の上に置いたところで、彼女の腕を振り払った彼が表紙にばんと右手を乗せた。

「ようし、いいだろう。見ろよ。見ていいよ。でも、何も言うなよ。一言も口を開くな。黙って見て、黙って閉じて、それに関しては絶対に何も言うな」

いいな、と念を押され、僕は頷《うなず》いた。それでもしばらく迷うように僕の顔を見ていた彼は、置いていた右手をようやくどけて、ふてくされたように僕に背を向けた。僕は最初のページを開けた。

港の風景。時を経ていないその素描は、僕が見たものよりもくっきりとした輪郭で、対象を世界から切り取っていた。くらりとした眩暈に意識が飛びそうになり、僕はもう一度きつく目を閉じた。目を開けても、スケッチブックはやっぱり僕の目の前にあった。

「私、次の絵が好きなの」

いつの間にか彼女が僕の隣にきて、スケッチブックを覗《のぞ》き込んでいた。僕は促されるままにページをめくった。

桜の下のベンチ。ベンチに降り注ぐ桜の花びらたちは、僕が見たものよりも柔らかくベンチに舞い降りているように思えた。慈しむべき世界とその世界でも癒《いや》されることのないどうしようもない孤独とが、そこにはあった。

「ね？　素敵な絵だと思わない？」

「余計なこと言うなよ」

僕らに背を向けたまま、彼が言った。

「変な先入観を持たせるなよな」

あぐらをかいて、体を揺らしながら彼は言った。少し怒った口調になっているのは、嬉《うれ》しいからだろう。好きな絵を描く。その絵を素敵だと言ってくれる人がいる。その人を愛している。

「いいと思います」と僕は言った。「本当にいい」

「何も言うなって言ったろ?」と彼はやっぱり怒った口ぶりで言った。

「彼女に言ったんですよ」と僕は言った。

咄嗟《とっさ》に言い返せず、そんなのありかよ、と彼は口の中でもごもごと呟いた。彼女が楽しそうに笑った。

僕はページをめくっていった。月を見上げる猫がいて、浜辺で燃える焚《た》き火があって、電柱に寄りかかる自転車があった。最後のページには何も描かれていなかった。僕はスケッチブックから顔を上げ、瞼《まぶた》を閉じた。すぐ横にいる彼女に気づかれないよう、そっと息を吐いた。眩暈《めまい》は徐々に速く渦を巻いていくようだった。

「で、どうよ」

僕が顔を上げた気配に、しばらくしてから彼が言った。

「何も言っちゃいけないんでしょう?」

もう一度強くこめかみを押し、僕は言った。彼は僕を振り返って何かを言いかけ、結局肩をすくめた。

「うん。まあ、そうだけどさ」

「で、どうよ」と彼女がくすくすと笑いながら言った。「私には言っていいから」

「正直に言っても?」と僕は聞いた。

「うん。いいよ」

彼女が頷いた。彼は僕に背を向けたまま、それでもわずかに僕のほうへ顔を向けて、僕の言葉を待っていた。

「絵の良し悪しなんて僕にはわからない。けど、映画でも小説でも音楽でも何でもいいんだけど、そういうのに接したときに、それが自分にとって良いものか悪いものかを見分ける基準っていうのが僕にはあるんだ」

彼女が首を傾げた。

「それは、その作者に会ってみたいと思うかどうか。その作者と友達になりたいと思うかどうか。そういう基準で言っていいのなら」

僕は彼に言った。

「僕はこの作者となら友達になりたいと思ったな」

「見かけによらず、お前、口がうまいな」

僕の顔を見ないまま照れたように言った彼の背中を、彼女は自分の肩で小突いた。

「良かったじゃない。この人なら、あなたの絵の良さ、わかってくれそうな気がしたの」

「でも、どうして」

白紙のままの最後のページを手で撫《な》でて、僕は言った。彼が僕に向き直った。僕はその視線に問いかけた。

でも、どうして絵をやめたんだ？　好きな絵を描く。その絵を素敵だと言ってくれる人がいる。その人を愛している。それで、どうして？　どうしてあんな人生を選んだんだ？　ただ無駄なものを延々と積み上げていくだけの、あんな人生を。

「でも、どうして？」と彼が聞き返した。

「あ、うん。どうして、彼女を描かないんだ？　彼女を描けば、何ていうか、もっとこれまでと違う絵が描ける気がするけど」

彼と彼女が顔を見合わせ、今度は彼女が照れた。

「駄目よ、私なんて」

彼は僕に向かって肩をすくめた。

「この調子でさ。どうしても描かせてくれないんだ」

「でも、描いてみるといい」と僕は言った。

「いつかね」と彼が言った。

「ずっと先のいつかね」と彼女が言った。

僕はスケッチブックを閉じて、彼女に返した。そこで我に返ったように、彼は窓の外に目を向けた。夕闇が濃くなり始めていた。

「いけね。そろそろ、俺、行かなきゃ」

彼は立ち上がった。

「あ、病院？」と彼女が言った。

彼は彼女に頷いたあと、言い訳するように僕に言った。

「親父が入院してて」

「どこか、悪いの？」

「それが、よくわかんないんだよ。一昨日《おととい》の夜、突然、倒れてさ。そのまま病院に担ぎ込まれて、それっきり目を覚まさない」

　それに比べればいいほうだ。

　低い声が耳によみがえった。

「たぶん」と僕は言いかけた。

　たぶん、君が病院へ着いたときには、もう、お父さんは亡くなってるよ。僕はそう聞いてる。

　けれど言えなかった。言えば世界は音を立てて軋《きし》み始めそうだった。僕は軋んだ世界に飲み込まれてしまいそうだった。僕はまたこめかみを押した。おかしいのは僕なのか、世界なのか、あるいはどちらもおかしくなんてないのか、よくわからなくなっていた。

「うん?」と彼が聞き返した。「今、何か言いかけなかった?」

「あ、いや。たぶん、大丈夫だよ。お大事に」

「ああ、ありがとう」

　彼はにこりと微笑むと、ドアのほうへ向かった。

「かっこいいズックだね」

　自分の靴を履きながら、そこにある僕のナイキのスニーカーを見て彼は言った。

「ニケ。勝利の女神」

女神か、ともう一度呟《つぶや》いて、彼は僕を振り返った。

「ゆっくりしていけよって言いたいとこだけど、さっさと帰れよな。女性の一人暮らしの部屋に長居するもんじゃない」

「わかってるよ」と僕は苦笑した。「大家さんの住所を聞いたら、すぐに帰る」

そう、住所だったよね。

彼女が呟いて、再び立ち上がり、本棚に向かった。

「あ、でもまた訪ねてこいよ。どこで会ったのか、じっくり確かめよう。訪ねてきてくれれば、俺は大概この部屋にいる。俺の家は別にあるんだけど、ほとんど同棲《どうせい》しているようなもんだから」

「馬鹿。何、言ってるのよ」

照れた彼女が慌てて彼を振り返り、彼は僕にウィンクを送って寄越した。

「それじゃあな」

彼は部屋を出ていった。

「もう」

閉じられたドアに彼女は呆《あき》れたように呟いた。

「いい人みたいだね」と僕は言った。「とても感じがいい」

「そうでしょう？」

彼女は笑って、舌を出した。本当に幸せそうな、その幸せがふわりと相手の内側まで広がっていくような笑顔だった。二つの頰に小さな笑窪《えくぼ》ができた。その笑窪につられて、僕も笑った。

「ああ、あった。これだ」

彼女は本棚から一枚の紙を抜き出し、卓袱《ちゃぶ》台《だい》に戻ってきた。部屋の賃貸契約書らしい。差し出された紙を見て、僕は頷《うなず》いた。

「これなら、近くだよね。訪ねてみる。ありがとう」

そこに書かれた大家の住所をしっかりと確認するふりをして、僕は腰を上げた。それ以上長く留《とど》まれば、そのまま眩暈の中に引き込まれてしまいそうだった。そして困ったことにその世界は、ひどく居心地がよさそうだった。

「コーヒーくらい飲んでいけばいいのに」と彼女は言った。「大丈夫よ。ああ言ってたって、そんなに嫉妬《しっと》深い人じゃないから」

「いや。大家さんを訪ねてみたいし。コーヒーご馳《ち》走《そう》様」

立ち上がった途端によろけそうになった足を何とか彼女に気づかれない程度でこらえて、僕はドアへと向かった。彼女はドアのところまで僕を見送りに立った。僕がスニーカーを履き、ノブに手をかけたところで彼女が言った。

「あ、ねえ。本当にまたきてよ。初対面でこんなこと言うの、変かもしれないけど、あなたとはいい友達になれそうな気がするの。彼も私も、本当はすごく人見知りするのよ。初めてでこんなに気軽に話せるなんて、珍しいんだから」

「またくるよ」

自分がそうするだろう予感があった。そして、この部屋のドアを開けたとき、彼女がそこにいるだろうという予感もあった。

「きっとくる」

「きっとよ」と彼女は微笑んだ。

僕はその部屋を出た。後ろ手にドアを閉めて、きつく目を閉じた。頭の中の眩暈《めまい》が逆回転に渦を作り始めた。大きく一つ深呼吸をしただけで、あんなに深かった眠気はどこかへと姿を消していた。僕は目を開けた。黄昏《たそがれ》どきの薄い闇の中、古い壊れかけのアパートに僕は立っていた。僕は自分の頬を平手で叩《たた》いた。

「僕はおかしくない」

僕はぐるりと周囲を見渡した。

「世界もおかしくない」

異議を唱えるようなカラスの声に目を遣《や》ってから、僕はそのアパートをあとにした。

駅前の中華料理屋で夕食をすませ、アパートに戻ると、部屋の前にくわえ煙草で慎一《しんいち》兄さんが立っていた。丸一年会っていなかった家族のうち三人に今日はまとめて会ったことになる。僕は驚いて慎・兄さんの元へ駆け寄った。

「親父に何かあった？」

久しぶりの挨拶《あいさつ》も抜きに勢い込んで聞いた僕に、慎一兄さんは少し面食らったように答えた。

「お前に用があったんだよ」

「親父が死んだとかじゃなく？」

慎一兄さんは丸い鼻に皺《しわ》を寄せた。

「縁起でもないこと言うなよな」

「それならいいんだ」と僕は息を吐いた。「ちょっと嫌な感じがしてさ」

「嫌な感じ？」

「ああ、うん。ほら、よくあるじゃない。夢枕に立つ、っていうの？　死んでしまう人が、夢に出てくるとか」

「ああ」

「それの大げさなやつ」

何だ、そりゃ、と慎一兄さんは笑って、ポケットから吸殻入れを取り出し、くわえていた煙草の火を丁寧に消した。吸殻入れは、何本かの吸殻で膨らんでいた。

「あ、ごめん。待たせたのかな」

「いいさ。こっちが勝手に待ったんだ」

僕はカギを取り出してドアを開け、慎一兄さんを招き入れた。

僕とちょうど十歳違いだから、今年で三十になるはずだ。が、知らない人はもう五つか六つ上に見るだろう。昔から年上に見られることが多かったが、親父の会社で役職についてからはその傾向に拍車がかかった。やっぱり大学に残って天文学を続けるべきだったんだ。慎一兄さんの顔を見るたびに、僕はそう言いたくなる。どこか飄々《ひょうひょう》とした人柄が無理を感じさせないが、やはり慎一兄さんは商売には向いていないと僕は思う。そういえば慎一兄さんが煙草を吸い始めたのは、親父の会社に入ってからだった。

「ここ、よくわかったね」

「和也が親父から聞き出した。昼間、親父に会ったそうだな」

「ああ、うん」

慎一兄さんにクッションを勧めてから、僕は冷蔵庫を開けた。昨日、うまく寝つかれないままにあるだけのビールを飲み干してしまったことを思い出した。親父と会うことに、やはりどこかで緊張していたのだろう。

「ウーロン茶しかないけど」

「それでいい」

グラスと湯飲みにウーロン茶を入れて、慎一兄さんのもとに戻った。慎一兄さんは遠慮がちに部屋を見回していた。

「いい部屋だなって言ったら嫌味になるのかな」

「なるね」

僕は苦笑してグラスを差し出し、改めて自分の部屋を見回してみた。築十五年。日当たりは悪い。駅からも遠い。家賃の安さだけが取り柄のぼろアパートだ。

「それで、人を探してるって？」

差し出されたグラスを受け取って、慎一兄さんはあっさりと言った。一瞬言葉につまり、僕は慎一兄さんの顔を見返した。

「和也がな、昼間に病院へ行ったとき、お前と親父の会話を偶然聞いてしまったらしい」

僕は病室へ入ってきたときの和也のにこやかな笑顔を思い出した。確かに和也には不似合いなものだった。

「偶然ね」と僕は言った。

「ああ」

顔色を探ってみたが、慎一兄さんがそれについてどんな感想を持っているのか、うかがい知ることはできなかった。

「探さないほうがいいと思う？」

結局、僕は素直に聞いた。

「そんなことはない」

グラスを傾けた慎一兄さんは何もついていない口元を拭《ぬぐ》って、首を振った。

「和也にも話したけどな。その人が本当に親父の子供なら、当然、財産を受け取る権利はある。親父にはその人を探し出す義務があるし、親父にそれができないのなら、その義務は俺たちが引き継ぐべきだ」

どうやら慎一兄さんと和也の興味は真山さん本人よりその子供にあるらしい。

「ただな」と慎一兄さんは言いにくそうに続けた。「お袋がな」

「お袋？」

「傷つく」

「ああ」

僕は頷いた。三十年以上連れ添った夫が、死を前にして昔の恋人を探していると聞けば、いくらお袋だって穏やかではいられないだろう。

「でも、仕方ないんじゃないかな。事実は事実なんだし、お袋と結婚する前の話だし」

「そういう問題じゃないだろ」

「どうしろっていうの？」

「どうしろっていうわけじゃないんだけどな」と慎一兄さんは言って、一度髪をかきあげ、かきあげた手でそのままごしごしと頭を掻《か》いた。「それとなく話しておいたほうがいいんじゃないかな。突然、子供に出てこられたんじゃ、お袋だってショックだろ」

「それとなく？」

「そう。それとなく」

「僕が？」

「そういう話をするのは、お前が一番うまい」

「お前が出ていってから、お袋はお前の話ばかりする」

「そうかな？」

向いていないとはいえ、さすがに人を使う立場にいるだけのことはある。慎一兄さんは、痛いところをついてきた。

「わかったよ」と僕は言った。

「明日《あした》にでも顔を出せ」

「うん」

どうやらそれが用件だったらしい。慎一兄さんはホッとしたように微笑むと、新しい話題を探すようにもう一度部屋を見回した。その丸い顔と鼻とはお袋譲りだ。兄弟の中で、親父の色を濃く受け継いだのは僕だけだった。僕はアパートで会った彼のことを思い出した。僕と彼とは似ていただろうか？

「兄さん」

「うん？」

「親父が昔、絵を描いてたって、知ってた？」

「ああ」

慎一兄さんは部屋を見回したまま頷《うなず》いた。

「若いころ、絵描きを目指してたって話は、前にちらっと聞いたことがあるな。学生時代に何かのコンクールで賞を取ったこともあったとか」

「それで、どうして諦《あきら》めたんだろう？」

「賞を一つ二つ取ったくらいで、やっていけるほど甘い世界じゃないだろう。ちょうどそのころに祖父《じい》さんが死んで、否応《いやおう》なく店を継がなきゃならなかったって事情もあったみたいだ」

「現実に負けたわけだ」

慎一兄さんは部屋を見回していた視線をぴたりと僕に戻すと、軽く微笑んだ。

「考え方は色々ある。当時の親父は食っていけない絵よりも、商売の道を選んだ。それだって楽な道じゃない。若いころの親父がどれだけ苦労をしたかは、お前だって聞いているだろう？」

「それは、まあね」

「少なくとも親父は商売を軌道に乗せて、俺たちを育て上げた。他人はともかく、俺たちには親父の生き方に意見する資格はない、と俺はそう思う」

慎一兄さんは話を切り上げるように膝《ひざ》を叩《たた》くと、立ち上がった。

「それじゃ、明日な。八時過ぎには俺も和也も戻ってる。そのころにこい」

「そうするよ」

にこりと笑顔を見せると、慎一兄さんは帰っていった。後悔してないの？　一度だけ、面と向かって聞いたことがある。慣れたよ、と慎一兄さんはやっぱり笑いながらそう答えた。商売をしている自分に慣れたのか、後悔することに慣れたのか、僕は聞けなかった。たぶん、もう、聞くことはないだろう。

翌日、大学の授業とバイトを終えたあと、僕は実家へと向かった。一年の空白を僕に示すように、駅からの道のりには、知らないマンションが二つ建っていて、知らないコンビニが一つオープンしていた。何か手土産でも持ってくるべきだったろうかと途中で思いついたが、駅まで買いに戻るべきかどうかを迷っているうちに家の前に着いてしまった。僕はインターフォンを押した。

「他人行儀だな。ただいまって、入ってくればいいものを」

玄関を開けた慎一兄さんは、そう言って苦笑した。

「ま、その辺がお前らしいって言えば、お前らしいけどな」

リビングには和也とお袋が待っていた。話を立ち聞きしていたことには、和也なりに気まずさを覚えているらしい。よう、と言ったきり、和也は僕から視線を外した。

「何か、逞《たくま》しくなったね」

ソファーに腰掛けていたお袋は、肘《ひじ》掛に乗せた右手で頬を支えながら僕を見据えた。

「親元を飛び出した息子がすくすく成長したんじゃ、親は自信なくすよ。少しは遠慮しな」

変わらぬ節回しに苦笑が漏れた。

「お袋も、元気そうだ」

三人の前にはカップが置かれていた。夕食後、揃ってお茶を飲むのが、週末の我が家の習慣だった。僕が中学に上がったころから、夜のお茶会の三度に一度は、僕と親父の喧嘩《けんか》で終わるようになっていた。そのたびに慎一兄さんは言葉を尽くして僕と親父をなだめた。和也は双方を馬鹿にしたように冷ややかに事態を静観した。お袋はため息をつきながら、ただ首を振っていた。

「それで、荷物はいつ届くんだい？」

ポットから僕の分のカップに紅茶を注ぎながらお袋は言った。

「荷物？」

「戻ってくるんだろ？　前の部屋にあった荷物を運ばなきゃならないだろ？」

「いや、戻ってくるつもりは」

「何だ、違うのかい？」

「今日はちょっと違う話でね」

「違う話？」

勘は鋭いほうだ。息子三人が共有しているある種の緊張感にお袋は気づいたらしい。ソファーに身を預けるようにして、胸のところで腕を組むと、お袋は三人の息子を見渡した。

「知らないのは母さんだけかい。言いなよ。何の話だい？」

お袋は上から順に息子を見遣《や》り、上の二人が末っ子を見ていることに気がつくと、僕にぴたりと視線を合わせた。

「親父に頼まれて、人を探しているんだ」と僕は言った。

「人？　誰？」

「真山さんっていう人。親父の昔の恋人」

一息に言ってしまってから、僕は慌てて付け足した。

「もちろん、お袋と結婚する前の話だけど」

「真山」

お袋は記憶を探るように目を細め、自問するように呟《つぶや》いた。

「何で今頃」

お袋は自分の眉間《みけん》に指先を当て、また三人の息子の顔を見渡した。

「まだ何かあるね？」

強い視線に、上の二人はまた僕へと視線を避けた。もう、それとなくも、さりげなくもなかった。

「その人は親父の子供を身ごもっていた。親父はそれを知らずにその人と別れた。その子供も探して欲しいって」

「そう」

お袋はしばらく僕を睨《にら》んだ。それ以上は何も切り出せず、僕は黙ってお袋の視線を受け止めた。やがてお袋は、その視線を外さないまま言った。

「慎一、和也、ちょっと外しな」

慎一兄さんが何かを言いかけた。

「慎一」

慎一兄さんを見遣ったお袋は、強い口調で言ってから、疲れたようなため息を一つついた。

「頼むよ」

　お袋をじっと見つめると、あとは任せるというように慎一兄さんは僕に頷いてみせた。僕が頷き返すと、慎一兄さんは和也を促して、リビングを出ていった。

「それで、その人は見つかったのかい？」

　慎一兄さんが戸を閉めるのを待って、お袋は口を開いた。

「まだ」と僕は言った。

「そう」

「でも見つける」

「だろうね」とお袋は頷いた。「あんたは小さいときからそういう子だった」

　誰に似たんだか。

　呟いたお袋は唇だけで笑った。

「妙に依怙地《いこじ》なんだから」

「おかしくはないだろ」と僕も笑った。「お袋だって、親父だって、十分に依怙地だ」

　唇の端に乗っていたお袋の笑みが頬にまで広がった。お袋は紅茶の入ったカップを持ち上げ、口をつけた。カップをテーブルに戻したとき、お袋の顔にあった笑みはどこかへと姿を消していた。

「ピアニストだろ、その人」

ふうと息を吐いて、お袋は言った。

「知ってるの？」

「忘れてたよ。三十年以上も前の話だもの。お前に言われなきゃ、思い出しもしなかったよ」

「聞いてもいいのかな。その三十年以上も前の話」

「ずっと昔。母さんが父さんと知り合ったころの話」

流れた時間を慈しむように、お袋はゆっくりと一度瞬《まばた》きをした。

「共通の知り合いがいてね。その人に紹介されたの。そのとき、すでに父さんは父親に死なれて、レストラン事業を引き継いでいた。とはいったって、大学出たての若造がすぐに通用するほど世間は甘くないさ。料理を作ってるんだか、借金を作ってるんだか、わからないようなレストランですって、父さん、笑ってた」

知り合ったばかりの親父とお袋が照れ臭そうに談笑するシーンが浮かんだ。

「父さんが継いだころ、店にはかなりの借金があったらしくてね。父さんもずいぶん迷ったみたい。でも、仕方なかったのよ。使っていた従業員もいたしね。今、思えば、何をそんなに急いでいたんだろうと思うけれど、父さん、ずいぶん急いで借金を返そうとしているみたいだった。借金を早く返すために店を大きくして、そのためにまた新しく借金して、今度はその借金を返すために新しい店舗を出して、そのためにはまたお金が必要で」

本当に、何をあんなに急いでいたのかしら。

お袋は呟いた。

「事業はどんどん大きくなっていった。入ってくるお金も、それから借金もね。そうなったらもう、倒れるわけにはいかないさ。父さんは、それこそ死ぬ思いで事業を軌道に乗せた。母さんが知る限りでだって、かなり阿漕《あこぎ》な真似もしてきた。仕方なかったのよ。道は二つしかなかった。一生、借金取りに追われて暮らすか、それとも」

お袋は首を振った。言われずともわかっていた。僕の見てきた親父の生き様がそれなのだ。画家を夢見た青年は、経営者という大人になった。

「お前に懺悔《ざんげ》しても仕方ないね。とにかく、父さんは必死の思いで事業を軌道に乗せた。母さんがプロポーズされたのはそのあとだよ」

「真山さんは？」

「その人の話は聞いたことがあるよ。母さんと知り合う前にお付き合いをしていた人で、俺の、そう、女神ですって、そう言ってた。女神だなんて、そんな父さんらしくない言葉を真顔で言うもんだから、ちょっと嫉妬《しっと》したっけね」

私も小娘だったから、とお袋は軽く声を立てて笑った。

「親父は」

一瞬迷ったが、僕は聞いた。

「どうしてお袋にプロポーズを？」

笑みをすっと収めて、お袋が僕を見た。

「真山さんではなく、かい？」

僕は素直に頷《うなず》いた。お袋は微笑んだ。

「さあ。どうしてだろうね」

女神だったからかもしれないね、とお袋は呟いた。

「え？」と僕は聞き返した。

「たぶん、父さんが母さんに寄せたのは愛だの恋だのなんていう奇麗なだけの感情ではないと思う。偽るとか、誤魔化すとかじゃなくて、父さんは母さんに救いを求めたんだと思う」

理解を危ぶむようにお袋は僕を見た。

「同じ家で暮らして、同じ食卓を囲んで、同じトイレを使って、同じ墓に入るっていう、たとえばそういう糠味噌《ぬかみそ》臭い時間を一緒に過ごす相手として母さんを選んだんだよ」

僕はそのことについてしばらく考えた。そういう感情をまったく想像できないわけではなかったけれど、その感情に一生を預ける気持ちにはなれそうになかった。

「それでも、親父のプロポーズを？」と僕は聞いた。

「お前にはわからないかもしれないけどね」とお袋は薄く笑った。「それだって、やっぱり愛情なんだよ」

「そう」と僕は頷いた。

お袋がそう言うならば、それはそうなのだろう。僕はそう納得するしかなかった。

「父さんが真山さんを探す思いは、慎一にはわからないでしょう。和也も同じ。でも、お前ならわかるかもしれない」

「そうかな？」

「馬鹿。褒めてるんじゃないよ。過ごした時間の違いだけ。要するにガキなのよ、お前は。でも」

お袋はゆったりと僕を眺めた。

「でも、父さんが死ぬまで、お前はガキのままでしょう。だから、お前だけは父さんが過ごした時間を分け隔てなく見守ってあげることができる。それは、慎一にも、和也にも、母さんにもできない。どうしたって過去を切り離したくなる」

「お袋にも？」

「これだって女の端くれだよ」

お袋は投げやりに言って、笑った。

「できないねえ」

その呟きが耳に残った。

ドアのノブに手をかけて、一瞬、迷った。そのドアの向こうに、違う世界があることを期待している自分がいて、恐れている自分もいた。僕は目をつぶり、ドアを開けた。後ろ手にドアを閉めて、ゆっくりと目を開けると、そこに彼女がいた。彼女は一人で卓袱台《ちゃぶだい》の前に座っていた。入ってきた僕に彼女は目を向けた。ふわりと広がりかけた笑みは、相手が僕であることを認めるとすぐにしぼんでいった。

「久しぶりね」

それでも素早くぎこちない笑顔を作り直して、彼女は立ち上がり、僕を迎えた。

「彼とももうこないんじゃないかって、話してたの。本当に久しぶり」

肩の辺りまでだったはずの彼女の髪は胸の辺りまで伸びていた。僕にとっての二日の間に、そこではどれだけの時間が流れたのか、僕にはわからなかった。また同じ眩暈《めまい》が、ゆっくりと頭の中で渦を巻き始めた。

「彼は？」

「今日はまだきてないの」と彼女は言った。「でも、もう少ししたらくると思う。ほとんど毎日きているから。色々あって、最近は、ちょっと忙しいみたいだけど」

明るく言った彼女の顔に、微《かす》かに痛みの色が浮かんだ。やや早口になった彼女の言葉には、何かを取り繕うような気配があった。前に僕がきたその日に、彼の父親は死んでいるはずだった。とするなら、今の彼は、借金だらけのレストランを引き継いだところだろう。それはとりもなおさず、彼と彼女との間に距離が生まれ始めた時期ということにもなる。

　彼女に勧められて、僕は前と同じように卓袱台の前に座った。彼女は台所へ立ち、コンロにやかんをかけた。やがて卓袱台に戻ってきた彼女は、僕に白いマグカップを差し出した。

「コーヒー、好きじゃなかったみたいだから」

「ありがとう」

　僕はカップを受け取った。入っているのは紅茶のようだったが、その液体はやっぱり空気みたいに僕の体に何の痕跡《こんせき》も残さず喉《のど》を落ちていった。徐々に速く渦を巻き始めた眩暈は、決して不快な感じではなかった。僕はしばらくその眩暈に思考を預けていた。彼は今頃金策に走り回っているのだろう。店をどうするのか、借金を、従業員をどうするのか。絵描きには不似合いな現実が束になって、彼に襲いかかっているはずだった。その現実の確かな堅さに彼は打ちのめされているだろう。それでも彼は、やがてその現実と歩調を合わせ、そんな自分に必要な女性と巡り会い、彼女と結婚し、三人の子供を作り、六十を前に死と向き合うことになる。そしてその意を受けた末の息子が、彼の昔の恋人を探し始めて、古いアパートに辿《たど》り着く。そこではとても感じのいい一組の恋人がいて……

　止め処《ど》もなく続く螺旋《らせん》にどれくらい思考を預けていたのだろう。微かな歌声に僕は顔を上げた。卓袱台の上の湯飲みを両手で包み込むようにしながら、彼女が僕の知らない曲を小さく口ずさんでいた。窓の外は夕闇に包まれ始めていた。

「何て曲?」

歌声を止めて、彼女が僕に目を向けた。

「幻想ポロネーズ」

「ショパン?」

彼女がちょっと驚いたように僕を見て、それから微笑んだ。

「そう。ショパン」

包み込んでいた手を離して、彼女の細い指が湯飲みの縁をなぞった。僕はその指が鍵《けん》盤《ばん》を奏《かな》でている姿を想像した。そこから生まれるメロディーを想像した。それはなぜだか、舞い散る桜の花びらの中のベンチとイメージが重なった。そのときの二人は、そういう世界を共有していたのかもしれない。どこかにはありそうで、けれど現実には決してありえない世界。誰も出ていかず、誰も入ってこない世界。だから壊れることもなく、揺らぐこともない夢の世界。

縁をゆっくりと二周した指が最後に縁を弾《はじ》いた。コツ、と、硬い響きが生まれた。

「ねえ、彼は本当にくるのかな?」

「くるわよ」

即座に答えた彼女は、その語調に自分でも驚いたように視線を伏せ、もう一度小さく繰り返した。

「きっとくる」

彼女の望む未来があり、僕の暮らす世界がある。その二つは決して相容《い》れることはない。そのことに微かな罪悪感を覚えた。ごめんと謝りかけ、その愚かしさに僕は言葉を飲み込んだ。

不意に部屋のドアが開いた。僕と彼女は同時にそちらへ目を向けた。

「よう」

部屋に入ってきた彼が頬を緩めた。

いや、参ったよ、銀行のやつら、頭が固くて。

彼は彼女に微笑みかけた。

「大変だったわね」

彼にそう言ってから、彼女は、ほらね、きたでしょ、とでも言いたそうな視線を僕に向けた。彼女の視線に、彼も僕を見た。

「山崎も、ずいぶん久しぶりだよな。ひどいじゃないか。ずっと待ってたんだぜ」

「ごめん」と僕はそう言うしかなかった。「色々、立て込んでいて」

「こっちも色々立て込んでたんだ」

卓袱台の前に座りながら彼が言った。それは、つい二日前に見た彼と同じ顔のはずだった。けれど、その顔に僕は別の顔を重ねることができた。見慣れない顔の上に僕のよく見知っている顔が二重写しのように揺れていた。彼は変わり始めている。変わったあとの彼をよく知っている僕には、それがはっきりとわかった。

彼のためのコーヒーを淹《い》れるつもりだろう。彼女がコンロの前に立った。

「親父が死んでね。そうだ。山崎と会ったあの日だった。病院に行ったら、もう死んでた」

「そう」と僕は言った。「それは、大変だったね」

彼は手にした煙草のお尻《しり》でトントンと卓袱台を叩《たた》きながら言った。

「コックでさ。レストランをやってたんだ。人も何人か使ってるし、後始末が色々大変でさ。結局、俺があとを引き継ぐしかなさそうだ。あ、今度、食べにきてくれよ。店の場所、教えるからさ」

何か書くものないかな。

呟《つぶや》いて周りを見回した彼に僕は言った。

「やめたほうがいい。君は絵描きだ」

きょとんと僕を見てから、彼は笑った。

「もちろん、俺が料理を作るわけじゃないよ。ちゃんとしたコックが作るから。俺は店を経営するだけ。結構、うまいんだぜ。うちの店」

「君は絵描きで、コックじゃない。それと同じくらいレストランの経営者でもない」

二重に揺れる顔のうち、見知らぬ顔のほうに向けて僕は言った。僕の口調に、彼は一瞬黙り込み、それから言い訳の口調で言った。

「店はたたむつもりだったんだけど、改装したばっかりでね。その借金もあるし、中々そうもいかないんだよ」

「絵はどうするんだ？　諦《あきら》めるのか？」

「店は借金の返済に目処《めど》がついた時点で手放すよ。そうしたら、また絵を描く」

「そんなにうまくいくもんか」

否定的な言葉を言い募る僕に、さすがに彼の目つきが険しくなった。

「どうしてそんな風に言い切れるんだ？」

その視線を真っ向から受け止めて、僕は言い返した。

「商売なんて、一度始めたら、あとはもう、広げていくしかないんだよ。欲張るとか欲張らないとかじゃなくて、現状を維持したままずっとやっていくなんて無理なんだ。自転車と同じだよ。一度乗ったら、もう進むしかなくなるんだ。仮に現状を維持しているケースがあったとしても、それは結果論でしかなくて、拡大を目指しても拡大しなかったっていうだけに過ぎない。もし君になまじっか経営の才能があったりしたら、いつか君の店は君の手に負えなくなるくらい大きくなる。莫大《ばくだい》なお金が回転し始める。多くの人がかかわってくることになる。そうなったら、もう君は手を引けなくなる。莫大なお金と大勢の人とが、君の人生なんて簡単に飲み込んじゃう。そういうものなんだよ」

矛盾している。僕がここにいるということは、彼はここを出ていくということだ。僕に彼を止められることなどあり得ない。そうわかっていながらも、僕は言葉を止められなかった。

彼女が彼の黒いマグカップを持って、彼の隣に座った。

「まるで」

その彼女には目を向けないまま、煙草に火をつけて、彼は言った。

「商売をしてたような言い方だな」

そう言いながら、彼は煙を吐き出した。

「そういうケースを間近に見てきたんだよ」と僕は言った。「親父が商売をしてさ」

「そっか。そういうものかもしれないね」

彼は自分の吐き出した煙の行方を目で追った。

「そうだとしても仕方ないよ。俺に選択の余地はない」

「まだ間に合う」と僕は言った。「全部、投げ出せばいい。君の親父さんのお店は、君の親父さんのものであって、君のものじゃない。お店も、借金も、従業員も、全部放り捨てて逃げちゃえばいいんだ」

僕はちらりと彼女に目を遣《や》った。

「彼女と一緒に」

彼も彼女に目を遣り、二人はしばらく見つめ合った。

「私は」

彼の目を見つめたまま、彼女が言った。

「彼のそばにいるわ。彼が何をしていても」

彼がにこりと笑い、彼女も笑みを返した。

駄目なんだ。

僕は卓袱台《ちゃぶだい》を叩いて、そう言いたかった。

君たちはわかってない。全然、わかってない。今、その道に逸《そ》れてしまったら、決してもう元の道には戻れないんだ。君たちが今立っている場所は、それくらい致命的な場所なんだ。それくらいのことが、どうしてわからないんだ？

言えるわけがなかった。握った拳《こぶし》を僕は膝《ひざ》の上から動かせなかった。

「俺はもう行かなきゃ」

彼は言って、立ち上がった。

「顔を見に寄っただけなんだ。これから、ちょっと人と会わなきゃいけなくて」

「誰？」と彼女が聞いた。

「新しく入ってもらおうと思っているコックさん。引き抜きの条件交渉。腕はいいんだけど、結構、がめつい人でさ」

「そう。大変ね」

「まったく、うんざりするよ。腕のいいコックなしでもやっていける手を何か考えるよ」と彼は笑った。

「そんな手あるわけないでしょ」と彼女が笑みを返した。

彼は僕を振り返った。

「悪いな。ゆっくり話したいんだけど、今日は時間がない。また今度、ゆっくり酒でも飲もう」

「ああ、うん」

「それじゃ」

僕をはばかることもなく彼女と軽く唇を合わせ、彼は部屋を出ていった。僕と彼女だけが部屋に取り残された。彼が行ってしまった今、僕も部屋を出ていくべきなのだろうが、僕はそうしなかった。不自然な間の中で、彼女はぎこちなく笑って、僕の前に座り直した。結局、口をつけられることのなかった黒いマグカップが、白い湯気を立てていた。彼女はそこに残った彼の余韻を確かめるように自分の唇に指を当てた。その唇が動いた。

「うまくいかないと思う」

「え?」

僕は聞き返した。

「私も、うまくいかないと思う」

僕に目を向け、彼女がゆっくりと繰り返した。

「彼にレストラン経営なんて無理。ううん。もちろん、うまくいくんだったら、それが一番いいんだけど、でも、やっぱり無理だと思う」

「それなら、どうして彼を止めないいんだ？　君の言うことなら、彼だって聞くかもしれないのに」

「彼を好きだから」

彼女はすらりとそう言ってから、自分の言葉に照れたように笑った。

「私が好きな彼は、お父様のやり残したことを放り出して、逃げ出してしまえるような人じゃない。だから、止めない」

「それが、どんな残酷な結果になっても？」

「ええ」

彼女はふわりと笑った。

「それがどんな結果になったとしても」

僕の言った意味は彼女にはもちろん通じていないだろう。けれど、僕はその笑顔に納得した。たぶん、彼は彼女からこの笑顔を奪いたくなくて、この部屋を出ていったのだろう。借金を返すために必死に働き、必死に店を大きくし、ふと見てみれば彼の手は、彼女を抱くには、汚れ過ぎてしまった。

俺の、そう、女神です。

そう言ったという彼のことを思った。彼はそれでよかったのかもしれない。けれど、彼女はそれですむはずもない。

もしも彼と別れたら……

ぼんやりと立ち上る湯気を眺める彼女に僕はそう聞きかけた。

もしも彼と別れたら、君はどこへ行くんだ？　僕はいったいどこへ行けば君に会えるんだ？

もちろん、聞けなかった。共有していたはずの夢の世界に一人ぼっちで取り残されて、彼女はそれからどうしたのだろう？　途方に暮れる彼女と彼女の世界を、誰か守ってくれる人が現れたのだろうか？

ぼんやりと彼のカップを眺める彼女は、悲しいくらいに奇麗だった。吐き出せない思いは、行き場のないままに僕の胸の中に積もっていった。

今、僕がここで動いたら？　壊れるのは、この世界だろうか？　それとももう一つの世界だろうか？

他に人もいない狭い部屋の中で、思いがけないくらいの強い感情を僕は持て余した。気配を察したのだろう。彼女が微《かす》かに体を強張《こわば》らせたのがわかった。僕はその肩に手を伸ばしかけた。僕らの間にある小さな卓袱台が、かろうじて僕の激情を制した。

「行くよ」

僕は腰を上げた。どこかで引き留められることを期待していた。引き留められていれば、僕は彼女のために世界を壊せたかもしれない。けれど、もちろん、彼女は僕を引き留めはしなかった。

「ええ」

彼女は座ったまま僕を見上げた。

「また、きても？」

「私は、ここにいるから。どこにも行くところなんてないし」

そう。彼女にはどこにも行くところなんてないのだ。だから彼女はここにいた。ここ以外の場所で、僕は彼女に出会えるはずがない。

彼女をそのままに僕はドアへと足を向けた。スニーカーを履いてから振り返ると、彼女はそこにあることを定められたオブジェのように元の場所に座っていた。モノトーンのシルエットになったその姿は、やはりどこか寂しげだった。せめてその側に花くらいはあってもいい。そう思った。今度くるときには、花を持ってこよう。そう決めた。


誰かの夢を見ていたような気がする。悪い夢ではなかったように思う。耳障りなベルにうめきながら、背を向けてしまったまどろみに舌打ちして、僕は音の源に手を伸ばした。相手は僕の名前を確認した。「あ」に濁点がついたような僕のうめき声をそれでも肯定の返事と理解してくれたらしい。

「九時ですけど」

相手が言った。枕元の時計を見遣り、まだ七時前だと反論しかけて、僕の頭は九時を久慈に書き換えた。

「すみません。お寝《やす》み中のところを」

「あ、いえ。久慈さん。久慈つぼみさんですね？」

何とかまともな声を出せたと思う。

「ええ。娘から話を聞きました。真山さんを探されているとか」

僕の頭が活動するのを待たずに、久慈さんは言った。

「はい」

僕は体を起こした。

「それは、お父様に頼まれて？」

「ええ。本人が癌で動けないものですから」

「癌？」

「はい」

「かなり？」

「もって、あと三ヶ月だそうです」

「そんなに」

久慈さんは言葉をなくしたように間を取った。それが本心か、ただの儀礼か、電話では判別しかねた。

「それで、真山さんを探してどうするつもりですか？」

「どうするつもりもないです。ただ、もし困っていることがあって、もし力になれるのであれば助けたい、と」

「それは、経済的にという意味でしょうか？」

さげすむような口調に微かな反発を覚えた。

「他に何ができますか？」

「そうですね」

相手はまた口を閉ざした。微かに聞こえる背後の声は、英語ではないことはわかったが、それ以上はわからなかった。生まれて初めて国際電話をしていることに気づいたが、大して感動も湧かなかった。

「真山さんは大丈夫です。経済的にも困っていません」

「まだお付き合いが？」

「昔、お父様に居場所を聞かれたときには、確かに私も知りませんでした。十年ほど前、真山さんが突然、私のコンサートにきてくれました。それから付き合いが戻りました。もっとも、互いに忙しいので、年に一、二回、会うかどうかの付き合いですが」

「お子さんは？」

「お嬢さんなら元気ですよ。行き遅れていたのが悩みの種だったようですが、三年前に結婚もされました」

「真山さんにお会いしたいのですけど」

「私の話だけでは信用できませんか？」

「いえ、そういうわけではなく」、僕の語彙《ごい》は豊富ではなかった。どう話したものかと考
電話で一口に説明できるほど、僕の語彙は豊富ではなかった。

「いえ、そういうわけではなく」

電話で一口に説明できるほど、僕の語彙《ごい》は豊富ではなかった。どう話したものかと考えていた僕の沈黙を、相手は決意と受け取ったらしい。微かなため息を送って寄越した。

「彼女の生活を壊さないと約束してくれますか？」

「それは、もちろん」

「お嬢さんには会わないでください。彼女は父親のことを知りません。遺産も」

久慈さんはためらったが、結局、その最後までを口にした。

「お父様が亡くなればそういう話も出るでしょうが、遺産云々《うんぬん》という話もご遠慮願います。彼女は受け取りません」

「わかりました」

「今、そちらは朝ですね？」

「ええ」

「では、今日の正午に」

久慈さんは銀座の喫茶店を指定した。店の名前を書き留め、僕は頷《うなず》いた。

「わかりました」

「彼女には私のほうから連絡を取っておきます。今日、都合がつかないようなら、こちらからまたお電話いたします」

「住所さえ教えてもらえれば、こちらから出向きますが？」

「約束しましたね。今の彼女の生活を壊さないと」

「はい」

「その言葉を信用しないわけではありませんが、信用する根拠もありません」

直截《ちょくせつ》な物言いに苦笑が漏れた。

「それは、そうです」

「私の口からは教えられません。許すのならば、彼女から直接聞いてください」

「わかりました」

「それでは」

久慈さんは静かに電話を切った。僕も受話器を戻し、もう一度布団をかぶった。が、一度引いた眠りと夢は戻ってきてくれそうになかった。仕方なく起き上がって、僕はカーテンを開けた。どうやらいい天気になりそうだった。


一時間も前に着いたのは、単に時間を潰《つぶ》し損ねたからだったが、結果的には正しい選択だったことになる。昼時の店内は、八百五十円のランチを求める会社員やOLで混み始めてきた。

コーヒーしか頼んでいない身としては店内に出入りする人の多さが気詰まりで、僕はコーヒーのお代わりを頼もうとウェイトレスの姿を探した。あいてないな。入り口で顔をしかめて引き返した会社員が、すれ違いざま清楚《せいそ》な和服を着た女性に無遠慮な視線を投げた。入り口のところでぐるりと店内を見渡した彼女は、僕と視線が合うと、迷うことなく僕の元へとやってきた。

「真山さん、ですか?」

一分《いちぶ》の隙もなく和服を着こなした彼女は、自然な笑みを浮かべて、会釈するように僕に頷き返した。年は五十をとうに越えているはずだが、どう頑張ってみても四十代に差しかかった辺りにしか見えない。

オーダーを取りにきたウェイトレスにアイスコーヒーを頼むと、真山さんは失礼でない程度に僕を観察し、やがてそれとは決めかねるほどの小さな笑みを浮かべた。

「すぐにわかりました。お父様と似てらっしゃるから」

「似てますか?」

「はい」

頷いたその顔に、僕の知る女性の面影を探すのは難しかった。ウェイトレスがアイスコーヒーのグラスを持ってやってきた。シロップとミルクを置いたウェイトレスは、不釣り合いな二人組を訝《いぶか》る風もなく、すぐに立ち去った。

「お父様はお元気ですか?」

久慈さんからは聞かなかったようだ。穏やかに浮かべた笑みが、まさか嫌味とも思えなかった。

「癌で、あと三ヶ月といったところですが、まあ、元気です」

ないのか。

「癌？」

「はい」

「そう。お気の毒に」

やり切れないというように首を振った真山さんが振り払おうとしたのは、過去の思い出なのか、それともそこには意味なんてなくて、条件反射的に出たただのポーズに過ぎないのか。

僕は脇の椅子に置いていたスケッチブックを差し出した。

真山さんは慈しむようにスケッチブックの表紙を撫《な》でた。

「懐かしいわ」

「その中に真山さんの」

ふと気づいて、僕は顔を上げた。察して、真山さんが頷いた。

「まだ真山のままです」

「真山さんの絵があります」

「はい」

それでも表紙を開けることはなく、真山さんはスケッチブックの表紙に手を置いたまま、頷いた。

「真山さんとお子さんを探すよう、父に言われました」

「はい」

「久慈さんにも念を押されましたが、今の真山さんの生活に波風を立てるつもりはありません。ただ」

「はい」

「父に何と伝えればいいでしょう」

「親子ともども元気でやっていると。そうお伝えください」

結局中を見ることもなく、真山さんは僕にスケッチブックを返して寄越した。

「そうですか」

僕はスケッチブックを受け取った。

「うかがってもいいでしょうか？」

「え？」

「父と別れてからのこと」

「ああ」

グラスに伸びた真山さんの指が縁を滑った。円を描くその細い指先に僕は彼女の影を見つけた。

「もう、三十五年にもなるんですね」

真山さんはグラスの縁を撫でたまま、ガラス越しの表通りを見遣《や》った。銀座の道を忙《せわ》しげに行き交う無機的な人の姿があった。

「最初は正直、途方に暮れました。あのころの私は、ピアニストを夢見るただの子供だったんです。歌手になりたい、スチュワーデスになりたい、看護婦さんになりたい。現実の姿は脇に置いておいて、未来だけを望んでいる小学生と変わりません。そういう生き方が悪いとは言いませんが、現実にもろいことも事実です」

そのときの自分を真山さんは淡々と語った。

「子供がお腹に子供を抱えて現実と向き合わなければならなかったんです。参りました。自殺を考えたことすらあります。いえ」

真山さんは窓の外を見遣ったまま言った。

「あのとき、確かに私の一部は死んだのだと思います」

真山さんが僕を見た。その穏やかな視線の中に、僕の知る光は宿っていなかった。その視線を受け止めても、僕の胸が震えることはなかった。

「わかります」と僕は言った。

「過去と決別するために住む場所を変えました。できる仕事なら何でもしました。子供が生まれてからは、ただ子供に惨めな思いだけはさせまいとそれだけを念じて働きました」

楽な歳月ではなかったろう。けれど三十五年の時間は、真山さんに笑みを浮かべながら話をさせるだけの余裕を与えていた。

「取り立てて幸福だとは思いませんでしたが、かといって不幸だとも思いませんでした。そういう三十五年は、やはり幸せだったと言うべきなのでしょう」

真山さんが僕を見つめた。そこには恨みも卑下もなかった。それでも僕は真山さんを直視できず、視線を落とした。真山さんの指先が縁を撫でるグラスの表面で、水滴が一つ、滑り落ちた。

「ただそれだけです。誇れるほどの話はありません」

グラスの縁を撫でていた指先が、最後にグラスを弾《はじ》いた。見覚えのあるその仕草に思わず笑みが漏れた。

「どうかしましたか?」

「癖なんですね」

「え?」

僕は自分の前にあるカップの縁を撫で、一周させてから指で弾いた。

「ああ。娘にはよく注意されるんです。気障《きざ》だからやめろって。そんなに何度もやりました?」

「いえ」

浮かんだ笑窪《えくぼ》の形に見覚えがあった。それは失われてしまったものをかたどったモニュメントに見えた。不意に胸が苦しくなった。

「まだ、ピアノを?」と僕は聞いた。

「いいえ。今ではもう」

「お聴きにもなりませんか?」

「ほとんど聴きません」

「幻想ポロネーズも？」

真山さんの顔がほころんだ。

「お好きなんですか？　ショパン」

「いえ。好きというほどでも」

「そうですか」

不自然な間合いの中で、真山さんは腕時計にちらりと目を落とした。

「すみません。これから仕事なもので。小さな店をやっているんです。そろそろ戻りませんと」

それが何の店なのか、どこにあるのか、僕は聞かなかった。真山さんだって答えなかったろう。

「わざわざおよび立てして」

「いえ。お会いできてよかったです」

真山さんは立ち上がった。何のためらいもなく立ち上がったその潔さが、僕には寂しかった。

「あの」

僕は声を上げた。

「はい」

隣の椅子に置いていたバッグを取って、真山さんが僕を振り返った。

「聞かれないんですか？　三十五年前、なぜ、親父が」

真山さんは首を振った。

「もう昔のことです」

「ああ」

僕は浮かしかけていた腰を落とした。

「そうでしたね」

一度は立ち去りかけた真山さんは、少しためらってから口を開いた。

「私たち、どこかでお会いしたことがあったかしら？」

僕は迷いなく首を振った。

「いえ。今日初めてお会いすると思います」

「そうですよね」

少しの間、記憶を探るように下唇を噛《か》んだ真山さんは、やがてそのことに興味をなくしたように一度首を振って、僕に微笑みかけた。

「お父様によろしくお伝えください」

「はい」

僕は座ったまま、頭を下げた。真山さんは店を出ていった。ガラスの向こう側で、僕の知らない後ろ姿が人ごみに紛れた。

彼女は一人、部屋の真ん中に足を抱えるようにして座っていた。彼女の前には小さな旅行鞄《かばん》があった。卓袱台《ちゃぶだい》も、タンスも、鏡台も、本棚も、部屋から姿を消していた。入ってきた僕を認めて、彼女が微笑んだ。

「待ってたわ」と彼女は言った。「何だか、あなたがきそうな気がしたの」

「そう」

僕は頷《うなず》いた。持ってきたかすみ草を挿すものを探したが、見当たらなかった。仕方なく僕は花束をそのまま窓辺に置いた。

「ありがとう」

呟《つぶや》いた彼女に返す言葉もなく、僕は部屋の真ん中に突っ立っていた。そう思って見なければ気づきもしないだろう。けれど僕の目には、彼女が微《かす》かにお腹をかばうようにして座っているのがわかった。そのことについて、僕は何も聞かなかったし、彼女も何も言わなかった。

結局、と不意に彼女が呟いた。

「結局、私は彼に何もしてあげられなかった」

窓からの日の光を受ける可憐《かれん》な白い花に彼女が目を細めた。

「行くんだね？」と僕は言った。

「ええ」

「彼には何も言わないで？」

彼女は目を伏せた。

「最後に会ったとき」と彼女は言った。「絵を描いてもらったの。私の絵」

彼女が伏せた目を上げた。その顔にふわりと笑顔が浮かんだ。それで十分でしょう？

そう言っているようだった。

そう。それで十分なのだろう。彼女はここから先の時間の中で、自分を置いていった彼にやがて追いつく。二度と彼と会うことがなくても、彼女は彼に追いつく。悲しいけれど僕は、それを知ってしまった。

「一緒に出よう」と僕は言った。

鞄を手にして立ち上がり、彼女は部屋を見渡した。何もない部屋に立ち尽くした彼女が振り返り、僕をそっと見上げた。

「手をつないでも？」

僕は頷いた。差し出された彼女の手を握り、ゆっくりドアのほうへと歩いた。スニーカーを履き、僕がもう一方の手をノブにかけたところで、彼女がつないだ手を強く引いた。振り返った僕に、彼女は泣き笑いのような表情をした。

「ごめん。もうちょっと待って」

彼女は目を閉じて、こみ上げてくるすべてを抑え込むように深呼吸をした。一度だけでは収まらなかったようだ。彼女の肩がもう一度上下した。また一度。

ねえ、僕は……

彼女の細い手を握り締めたまま、僕はゆっくりと深呼吸を繰り返す彼女に胸のうちで語りかけた。

僕は今の君が大好きだよ。彼が今の君を必要とはしなくなっても。他の誰かを選んだとしても。僕は今の君が大好きだよ。たとえ、君自身が、やがて今の君を必要としなくなっても。忘れ去ってしまったとしても。僕は今の君が大好きだよ。

肩の動きが止まった。

「ありがとう」

僕に目を向けた彼女は、すべてを自分の中に抑え込んだようだった。今までの悲しみも、切なさも、愛《いと》おしさも。これからの不安も、怯《おび》えも、迷いも、何もかもを。彼女の中に抑え込まれたすべては、やがて彼女の中から消えてしまうだろう。

「もう、大丈夫。行こう」

僕は頷いてドアを押し開けた。僕と彼女はその部屋から出た。

「意外に、簡単なものね」

その部屋から踏み出した自分の足元を見て、彼女が笑った。僕を見上げた彼女の笑顔は徐々に薄らいでいき、握った彼女の手は徐々に質感をなくしていった。どこかで鳥の鳴き声が聞こえた。そちらへ目を向けた彼女は、そのままの姿勢で言った。

「ねえ、もしも。もしも、彼にまた会うようなことがあったら、伝えてくれるかしら」

「うん」

最後に動いた唇は空気を震わすことなく僕の世界から消えた。僕は一人、壊れかけた古いアパートにいた。僕はまだ新しいアパートに一人たたずむ彼女を思った。わずかに目を離した間に、突然、姿を消してしまった男について、彼女は何を記憶してくれるだろう。少なくともそれは、三十五年後の彼女に短く唇を噛ませるくらいの記憶しか残していないはずだ。三十五年後の僕にとって、それはどんな記憶になっているのだろう。わからなかった。僕は空っぽになった手を握り締めた。そこに残された感触をせめて今だけは忘れないよう強く握り締めた。

ふと、まだ誰かが居残っているような気がして、僕は部屋を振り返った。けれど、もちろん、部屋には誰もいなかった。朽ちかけた部屋の中にはただ、窓辺に飾られた真新しいかすみ草があるだけだった。


「そうか」

親父はそれだけ言って、頷いた。見下ろす中庭には、看護婦の姿も猫の姿もなかった。見上げた空一面に厚い雲がかかっていた。夜半から雨が降り出すだろうと予報で言っていた。長い梅雨になるだろうと。僕は半身を預けていた窓から体を離した。

「どこに住んでいるかは聞かなかった。必要もないだろ？」

「そうだな」

親父は頷いた。真山さんを探す過程で知り合った、一組の恋人の話をしようと思ったが、やめた。代わりに聞いた。

「もしそのとき、真山さんと別れていなかったら、どうなっていたと思う？」

「さあな」と親父は言った。「そうしていれば、母さんに出会うこともなかった。お前も生まれなかった。それだけの違いだろう」

「それだけ、か」

「そう。それだけさ」と親父は言った。「そしてそれだけが俺の人生のすべてだ」

「つまらない人生に聞こえるな」

「そうでもないさ。俺にはでき過ぎなくらいだったよ」

親父はそう言って笑った。その顔がおかしくて僕もつい笑ってしまった。真山さんがそうだったように、親父も笑顔にだけその面影を残していた。だったら、たぶん、それでいいのだろう。

「行くよ。これからバイトなんだ」

「ああ。色々すまなかったな」

「いいんだ」

病室を出かけて、僕は親父を振り返った。親父はすでに目を閉じて、眠りにつこうとしていた。やはりその話をしようかと僕は考えた。あのとき、最後に動いた唇はいったい何を告げようとしたのか。親父ならば答えてくれそうな気がした。口を開きかけて、思い留《とど》まった。つまるところそれは、僕自身が探さなければならない言葉だった。そして僕は、嫌でもその言葉をこの世界の中でいつか見つけるのだろう。

「おやすみ」

それだけを言って、僕はドアを静かに閉めた。

# 眠りのための暖かな場所

人は死ぬと天に昇ってお星様になるんだよ。

そう教えてくれたのは、祖母だったろうか、叔母《おば》だったろうか。

それは、小さな妹をなくした幼い姉に対する精一杯の慰めだったのだろう。けれど、その言葉は私を怯《おび》えさせた。妹は星になってこの地球を見下ろしている。今、私を見下ろしている。そう思うと、背中が冷たい痺《しび》れに震えた。

私は夜空を見上げる。そこに妹の星を探そうとする。どんなに探しても妹の星は見つからない。妹は私の知らないところで私をじっと見下ろしている。透き通るほど純粋な、冷たい意思を込めて。

私は叫び出したくなる。泣き喚《わめ》きたくなる。ひざまずいて許しを請いたくなる。けれど妹は許してくれない。決して許してはくれない。

宇宙は膨張しています。

中学でそう教わったとき、私は思った。日々死んでいく幾多の人間を収容するために宇宙はぶよぶよと膨張を続けるのだと。

私はいまだに夜が怖い。夜の空は冷たい意思に溢《あふ》れている。その中の一つが、確実に私に向けられている。私だけに。

奇麗な景色を眺めるとき、素敵な音楽に耳を奪われるとき、素晴らしい人と出会えたとき。私が嬉《うれ》しさを感じるとき、楽しさを感じるとき、喜びを感じるとき、妹はそっと私に問いかける。

お姉ちゃん、楽しい？　そうよね。楽しいよね。私を殺してまで生き残ったんだもの。楽しくなきゃ嘘よね。

私は自分の肩を抱く。どんなに強く抱いても、私の体温はちっとも私を温めてはくれない。

私の妹は九つで死んだ。私が、殺した。

「変わらないね、ここは」

周りの学生たちを見回しながら彼は言った。彼自身は変わった。わずか一年余りの社会人生活の間にスーツをぴたりと着こなせるようになっていた。待ち合わせた狭い学食の中でならともかく、街中で偶然すれ違ったとしても、私は彼に気づかないかもしれない。

「君は、どう？」

彼は穏やかに私を見つめながら聞いた。疼《うず》くような失望感を私は胸の中で持て余した。その顔のどこを探しても、以前の私が気に入っていた何かを見つけることはできそうになかった。

「相変わらず」

私は答え、彼から目を逸《そ》らすためだけに煙草に火をつけた。

「何も変わらない。変わる要素がない」

「そうみたいだね」

彼はゆっくりと紙コップに入ったコーヒーを飲み下し、私は壊れた鳩時計のように囀《さえず》り続ける学生たちを眺めた。特別耳を傾けなくても飛び込んでくる空虚な言葉に眠気を覚えた。フィルターから吸い上げる薄荷《ハッカ》も無力だった。

「教授も変わらないかい？」

彼の言葉が眠気の向こう側から聞こえてきた。私は手近にあったアルミの灰皿を引き寄せ、灰を落とした。

「黒髪と寿命が確実に減ってきている。傍《はた》から見てわかるのはそれだけ」

欠伸《あくび》が口をついた。大きく口を開けた私を見て、彼は笑った。

「本当に変わらないね」

欠伸のせいで滲《にじ》んだ涙を拭《ぬぐ》って、私は聞いた。

「何が？」

「そういう大らかなところ。二人で向かい合って話していても、退屈そうな欠伸を隠そうとしないような」

「無神経だと言いたいのかな？」

「大らかだって言っている。昔はそうは思わなかったけど、今はそう思う。君は大らかなんだ。それが無神経に見えたのは、きっと僕が幼かったからだろう」

「そう」と頷《うなず》いて、私は彼と別れた理由みたいなものを思い出そうとした。

大学三年の夏に始まった彼との付き合いは、大学四年の夏には終わっていた。始めたことにも、終えたことにも、特別な理由はなかったような気がする。おそらくそれは、ものすごく些細《ささい》なことだったのだろう。くしゃみの仕方がチャーミングだから好きになって、そばの食べ方が下品だから嫌いになったというような、そんなことではなかっただろうか。わからない。覚えていない。

「大学院はどう？」と彼は聞いた。

「どうってことない」と私は答えた。

長くなった灰が落ちそうになり、私は灰皿に煙草を押しつけた。

「ずっと聞こうと思ってたんだけど」

彼は煙草の火を消す私の手元を見ながら言った。

「どうして大学院に進んだんだ？　聞いたときは驚いたよ。君が大学に残るなんて」

「ラブホテルに入ろうとしているカップルに聞いてみるといい。どうしてこんなところにきたんだって」

「カップルは何て答えるんだ？」

「他にすることがなかった」

「そんなことはないだろう。君が社会に出れば、きっとクリエイティブな仕事をすると思うけどな」

「クリエイティブな仕事」と私は笑った。「今時、真面目な顔でそんなことを口にしないほうがいい。本物の馬鹿だと思われる」

彼は私の言葉の意味を少しだけ考え、それから仕方ないといった調子で笑った。歪《ゆが》めた口元に同情めいたものが浮かんだ。彼は橋を渡った。私は同じ岸で足踏みを続けている。そういうことなのだろう。

「それで」

それ以上四方山《よもやま》話を続けるのも億劫《おっくう》で、私は聞いた。

「何か用事じゃなかった？　二年ぶりに電話してきて会おうだなんて、まさか旧交を温めるためでもないでしょ？」

「ああ」

彼は言って、少しためらった。

「アメリカへね」

「アメリカ？」

「うん。行くことになるかもしれない」

「仕事？」

「仕事」

「出世コース？」

「それはわからないけど」と彼は笑った。「海外勤務は希望していたから、希望が叶《かな》ったってことではある」

「そう。おめでとう」

「ありがとう」

　私たちは頭を下げ合った。互いに相手が口を開くことを期待するような不自然な間が落ちた。私は彼が何でそんなことを言いにきたのかわからなかったし、彼自身も何で自分がそんなことを言いにきたのか、改めて考えているようだった。私は新しい煙草に火をつけた。学食にいた学生たちが四時限目の授業のために腰を上げ始め、結局、私が先に口を開いた。

「本当におめでとう」

　私は煙草の煙を吐き出しながら言った。

「気をつけて行ってきて」

　彼はほっとしたように顔を上げた。

「ありがとう。そうするよ」

　結局、今の彼と私との関係は、二人の間に漂う煙草の煙が象徴していた。彼がアメリカへ行こうがアフリカへ行こうが、私が大学院に行こうが養老院に行こうが、それはそれぞれの抱える問題であって、分かち合うことではない。

「悪いけど、これから教授のゼミがある」

私は煙草をくわえたまま立ち上がった。

「手伝わなきゃいけないんだ。アホな二年生と馬鹿な三年生とのディベートを仕切らなきゃいけない。あの教授、徹底的にやる気ないから、そういうのは全部院生の仕事なんだ」

「ああ。そう」

彼も救われたように立ち上がった。

私と彼とは学食を出たところで左右に別れた。教授の研究室へと足を向けながら、私は彼と握手すらしなかったことをぼんやり考えていた。おそらく彼と会うことは二度とないだろう。そのことに何の感慨も持てずにいる自分に、少しだけ落ち込んだ。

私はキャンパスを足早に横切った。白い八階建ての建物の入り口でくわえていた煙草を踏み消したときには、彼といたときにはあんなに深かった眠気もどこかへ消えていた。

研究棟。白い建物はそう呼ばれている。助教授や教授はその建物にそれぞれ部屋を一室持つ。誰にどの部屋をあてがうかは学長の専権事項であり、学長が変わるごとに教授たちの部屋が変えられるという。だから、研究棟の配置を見れば、誰が現学長の派閥に属し、誰が敗れ去った学長候補を支持していたかが一目瞭然《いちもくりょうぜん》だそうだ。その噂が本当だとするなら、私の師事している教授はあれで中々食わせ者ということになる。彼は二度の学長交代にもかかわらず、研究棟の最上階の一番眺めのいい部屋を死守していた。大学の根幹に関わる弱みの一つでも握っているのかもしれない。

私が訪れると、その最上階の一室で教授は椅子にふんぞり返るようにして眠っていた。口をぽかりと開け、喉《のど》の奥で痰《たん》を切るようないびきをかいている。これでも刑法の世界では相当名が売れているというのだから、日本の法曹界も大したことはない。

私はその白髪混じりの頭を遠慮なく平手ではたいた。いびきが止まり、教授は口から漏れたよだれを拭《ふ》きながら、不服そうに私を見上げた。

「やや。痛いなあ」

「すみません。あまりに穏やかな顔だったものですから、死んでいるのかと思いました」

「相変わらずきついなあ」

教授は呟《つぶや》き、準備運動のようにゆっくりと首を回しながら言った。

「そんなことじゃ嫁に行けんぞ」

この先も法曹界で生きていくつもりなら、そろそろセクハラという言葉を覚えたほうがいいです。そう言おうとして、面倒になった。代わりに、スチールデスクの上から今日使うレジュメを見つけ出し、ざっと目を通した。

正当防衛と過剰防衛。学者の中ですら議論が紛糾している分野だ。うちのゼミ員にこんなテーマを与えるなど、小学生にニーチェの感想を求める愚挙に等しい。互いの言葉尻《じり》を捕まえ合う稚拙な論戦が目に浮かび、私は心からうんざりした。

「それから、なあ。今日、ゼミが終わったら、ゼミ員を連れて飲みに行くぞ」

振り返ると、教授は立ち上がって腰に手を当て、上半身を回していた。

「そうですか」と私は言った。「だから、何です？」

「行くんだよ、君も」と教授は言った。

「飲みに？」

「そう」

「ゼミ員と？」

「そう」

「勘弁してください」

「駄目。行くったら行くの」

教授は駄々っ子のように口を尖《とが》らせた。

「そうまでしなきゃならない義理がありましたっけ？」

「理屈じゃなくて情の問題。担当教授が頭を下げている。僕が頭を下げるなんて滅多にないことだよ。学長にだって下げたことないんだから」

「いったいどういう風の吹き回しです？　ゼミ員連れて飲みに行くなんて」

「結城《ゆうき》くんっているだろ。二年生に」

「結城？」

私は首を傾げた。私はゼミ員の顔など半分も覚えていなかった。ましてや顔と名前が一致するものなど一人もいない。

「結城ツトム。すらっと背が高くて、育ちのいいハムスターみたいな顔をした男の子」

「覚えてませんね」

「ほら、いつもゼミのとき、教室の片隅で便秘気味のパリサイ派みたいな顔で座ってる」

お通じに悩む厳格なユダヤ教徒みたいな顔をした育ちのいいハムスター。

私の想像力を超えていた。

「いたかもしれませんね」と私は面倒臭くなって妥協した。「その結城が、どうかしたんですか？」

「ゼミに友達いないみたいなんだよ、彼」

「趣味がいいんでしょう」

「それにしたって友達がいないっていうのは寂しいよ。だから、この際、ゼミのみんなと親交を深めてもらおうかと思って」

「それが私とどんな関係があるんです？」

教授は屈伸運動を始めながらククと笑った。気に入らない笑い方だった。

「覚えてないかな。君が三年生だったとき」

「はい？」

「飲みに行っただろ。夏の初めくらい」

「行きましたね」

「ゼミに友達のいなかった一人の女の子が、それをきっかけにゼミの男の子の一人と仲良くなった」

にやにや笑う教授にほとんど殺意にも似たものを感じながら、私は頷《うなず》いた。

「そんなこともありましたね」

「行くよね？」

レジュメの端をとんとんと整え、しばらくぶりの深いため息をついてから、私は折れた。

「今回だけですよ」

「結構」

教授は笑いを堪《こら》えながら、アキレス腱《けん》を伸ばし始めた。

「大学っていうのはね」

「はい？」

「大学っていうのは、学生に教えを授けるところじゃなくて、研究者を育てるところなんだ。誤解されがちだけどね」

「はあ」と私は頷いた。

「ほんの一握りの研究者が存分に研究をするために大学がある。国家から助成金をもらい、学生から金を集める」

「はい」

「だけど世の中はギブアンドテイクだ。それでは、大学は国家や学生に何をしてやれるのか」

「何をしてやるんです？」

「国家には使いやすい人手を供給し、学生には社会に適応しやすい能力を与えてやる」

「一つの見識だとは思います」

「角は取ってやらなきゃね。できる限り」

伸ばす足を変えて、教授は笑った。

「それに失敗したら世に出さずに手元に置いておく。大学院で角を取る」

「それでも駄目だったら？」

「博士課程に進んでもらう」

「いくら私だって、それほど物好きじゃありません」

教授はからからと笑った。

「まあ、十年に一度くらい失敗作もある。十年に一度くらいなら、社会に出したところで大勢に影響はない」

教授は自分の両腕を上に引っ張り上げるようにして背筋を伸ばした。

「そういえば」と私は言った。「さっき青木《あおき》に会いましたよ。仕事でアメリカだかアフリカだかに行くとか行かないとか」

「青木？」

背筋を伸ばしたままの苦しそうな声で、教授は私に聞いた。

「青木って、誰だっけ？」

「誰だっけって」と私は言いかけ、首を振った。「いいです。誰でもないです」

教授は背筋のストレッチを終えると、励ますように自分の頬を軽く叩《たた》いた。

「さて、猿どもに論語を教えに行こうかね」

「教授。言葉が過ぎます」

私は教授をたしなめながら、レジュメを持って研究室のドアを開けた。

「猿には立派な学習能力があります」

「やや。これは失言」

教授が自分の頭を小突き、私たちは研究室を出た。


多数者による迫害は少数者間の固い団結を生む、というわけでもないが、ゼミに親しいもののいない結城とゼミ員から露骨に疎んじられている私とは、ゼミが終わったあとの居酒屋の座敷で自然に隣り合う形になった。

並んで座布団に座ると、私と結城とは一杯目のビールを注《つ》ぎ合っただけで、あとは何を喋《しゃべ》るというわけでもなく、黙って飲んでいた。結城とは逆の隣にいた教授が、急《せ》かすように私の脇腹を肘《ひじ》でつついた。

「結城くんは」

教授の肘を手で押し退《の》けてから、私は仕方なく無口な二年生にアクセスを試みた。

「何か、サークル入ってるの？」

「いいえ」

結城は私のほうをちらりと見て、首を振った。顔には出ない体質のようだ。ビールを一本あけても、彼の顔色に変化はなかった。

「それじゃ、バイトに勤《いそ》しんでるのかな？」

「いいえ」

今度は私のほうを見もしなかった。

「じゃ、暇なときは何をしているわけ？」

「色々です」

それ以上説明する気はないようだ。傲慢《ごうまん》とも冷淡とも違う。いらっしゃいませ、ありがとうございました、を言わないからといって、自動販売機は傲慢なわけでも冷淡なわけでもない。彼らはそういう風にできているというただそれだけのことだ。だから、結城ツトムという男の不幸は、自動販売機ではなく、人間に生まれついてしまったことだろう。

「それじゃ、趣味は？」

それでも必死にアクセスを試みる先輩に、少しは悪いと思ったのか、結城はしばらく考えて答えを捻《ひね》り出してくれた。

「掃除、洗濯、料理」

「いい趣味だ」と私は言った。

「そうですか？」

「絶対いい趣味だ。実用的で、金がかからなくて、時間がつぶれる」

「はあ」

それからまた私たちは黙ってビールを飲んだ。教授がまた私の脇腹をつついた。

「ゼミは？」と私は聞いた。

「はい？」

「楽しい？」

「はい」

「そう」

「はい」

業を煮やした教授が、一つ咳払《せきばら》いをして、私たちの会話に割り込んだ。

「君は、確か、東北のほうの出だったか。お父さんは何をなさってるんだっけ？」

「両親ともいません」

結城は特に感情を込めずに答えた。

「死にました。ずっと前に」

「ああ、そうだったっけ」

私は教授にだけ聞こえるように嫌味を込めた舌打ちをして、結城に言った。

「それじゃ、一人暮らしか。だから、趣味が掃除と洗濯と料理なわけだ」

「はい、ああ、いいえ」と結城は言った。

「はい、ああ、いいえ?」と私は聞いた。

「一人じゃありません。姉と暮らしてます」

「ああ、お姉さんと」と私は言った。「お姉さんて、君に似てる?」

「はい?」

軽く首を傾げたその顔は、カツラを乗っけて、口紅を引いてみたくなる。そう言おうとしたとき、結城と私の間に細い足が割り込んできた。ストッキングをはいていない細い足にはピンク色のペディキュアと銀色のアンクレットがあった。下から追って見上げると、チェシャ猫みたいな顔をした足の持ち主がにっこりと微笑んでいた。

「ここ、いいですか?」

「ああ、どうぞ、もちろん」と言った私の顔を見て察したのかもしれない。

「立川《たちかわ》です。立川明美《あけみ》。二年の」と彼女は名乗った。

「ええ。立川さんね。二年生の」となぜ今更名乗るのか見当もつかないという顔で私は言った。

名前までは覚えていなかったが、顔には確かに見覚えがあった。段を入れたさらさらとした長い髪。笑顔の中の大きな瞳《ひとみ》にはきらきらと星が舞っている。これで背後に花をちりばめれば、どこの少女漫画にも胸を張って送り出せる。

「何を話してたんです？」

立川明美は顔を私のほうに近づけて聞いた。鼻をつまみたくなる衝動を私はぐっと堪《こら》えた。『エゴイスト』。分量さえわきまえていれば素敵な香りなのだろう。

「いや、特に何ってわけでも」と、そこで私は教授のほうに顔を向ける振りをしながら、クロールの要領で息継ぎした。「ねえ、教授」

教授は笑いを堪えていた。

「そうなの？」と立川明美は結城のほうへ顔を向けた。

「ええ。まあ」と結城は言った。

「じゃあ、じゃあ、じゃあ」と立川明美は言った。「何かお話ししましょうよ。先輩とゆっくりお話ししたことなかったですし」

立川明美は許可なく私の腕を取り、意外なほどボリュームのある胸に押しつけながら言った。

「それに、結城くんとも」

私としては特に立川明美と話したくなんてなかったが、立川明美が結城と話したいというのならそれを邪魔するつもりもない。鈍い私はそれとは気づかなかったが、そういう目で見てみれば確かに結城は女に受けそうな顔をしている。立川明美と並べれば、少女漫画の表紙を飾れる程度には見栄えがしそうだった。第一、ここで立川明美と結城とをくっつけておけば教授も満足するだろうし、私もゼミ員たちと飲みに行くなどという苦行を二度と課されることはないだろう。取り敢《あ》えず私は、二人に共通しそうな話題を提供しようと試みた。

「立川さんは料理とかする？」

言ってしまってから、立川明美の長い爪が目に入った。そのピンク色の爪が包丁を握る図はとても想像できなかった。

「はい」と、しかし立川明美はにこにこして頷《うなず》いた。「こう見えて、明美、結構、家庭的なんです。煮物とかは得意かも」

あ、明美？

たぶん地球上の人類が私と彼女だけになるその日まで、私たちは友達になれそうにない。

「家庭的な女の子って、いいよね。ねえ？」

私は引きつりそうな顔にかろうじて笑みを浮かべて結城に言った。

「ええ、まあ」と結城はつれない。

ほとんどそっぽを向いているような結城と、その結城に体を預けんばかりにしている立川明美とを、何人かの男のゼミ員がちらちらと見ていた。

「ね、ね、結城くんはどんな食べ物が好き？　イタリアンとか？　あ、違うかな。スペイン料理とか？　うん。そうだよね。スペインっぽいかも」

「食べ物にあまり関心はありません」と同級生相手にもかかわらず、結城は丁寧語で言った。「あるもので料理するし、出されたものをおいしく食べます」

「あ、そうだよね。食べ物をごちゃごちゃ言うのって男らしくないかも。明美もそういう男の人、好きになれないかも」

「これは？」と教授が鳥のから揚げを箸《はし》で摘《つま》み上げ、ちょっと首を捻ったあと、私だけに聞こえるように言った。「鴨かも？」

「絶対鶏です」と私は囁《ささや》き返し、二人に言った。「それなら、結城くんのところへヘルパーに行ってあげたら？　結城くんだって大変だろうし」

立川明美の顔がぱっと輝いたのと、結城が厳しい視線を私に向けたのとはほとんど同時だった。

「困ります」

突然上がった声のトーンに、私は唖然《あぜん》とした。立川明美もぽかんとした。結城自身もうろたえていた。困ったことに、「困ります」というその一言は、照れ隠しなんかではなくて結城の本心らしかった。

「そうだよねえ」

態勢を立て直したのは、立川明美が一番先だった。

「いきなりそんなこと言われても、ねえ。やだな、先輩。何を言い出すんですか」

立川明美は泣き笑いの顔で思い切り私の腕を叩《たた》いた。

「ごめん」と、これは心から、私は立川明美に謝った。

結城は気まずそうな顔でビールを口に運び、薄情な教授は向かいにいた三年生にいきなり今日のゼミについての議論を吹っかけ出した。立川明美は、目の前のあげだし豆腐やら、焼き鳥やらを口に運び、その感想を私に伝えた。私は曖昧《あいまい》に頷きながら、調子を合わせた。立川明美の空元気は二十分と続かなかった。

「あ、私、そろそろ」

まだ笑顔から泣き顔を完全には拭《ぬぐ》い去れないまま、立川明美は腕時計に目を落とし、その場から立ち上がった。

「明日《あした》、バイトで早いから」

あれ、明美。もう帰るの？

二年生の女の子が声をかけた。立川明美はそちらのほうへ頷き返し、教授にも軽く頭を下げると、店を出ていってしまった。その背中を何人かの男のゼミ員が名残惜しそうに見送った。

「お前」と、私はお尻《しり》をずらして、立川明美がいたスペースを埋めながら言った。「あれはない。ちょっとひどい。私も悪いけど、お前もひどい」

「すみません」

結城は小さく謝った。そう素直に謝られると引くに引けなくなる。

「どこがいけない？　奇麗な子だろ？　胸だってある。足は細い。健全な大学二年生が、異性にそれ以上何を求めようっていうんだ？」

「そういう問題じゃありません」

結城は俯《うつむ》いたまま答えた。

「あ、彼女、いるのか？」

「はい？」

「彼女。恋人。ヘルパーにきてくれる女の子が、別にいるのか？」

「そういう問題でもありません」

「じゃあ、何なんだよ」

「姉が嫌がるんです」

「お姉さん？」

「家に他人が上がり込むのを嫌うんです」

「嫌うったって……」

「嫌うんです。病的に」

落としていた視線を上げ、ほとんど睨《にら》むようにして結城は私を見た。

「ああ。病的に」

その迫力に気圧《けお》されて頷きながら、私は胸の中の違和感に当てはまる言葉を探していた。

姉と暮らしている。姉は他人が家にくるのを嫌がる。しかも病的に。結城としては立川明美に家にこられるのは迷惑だ。

筋としてはわかる。でも……でも、何だろう？　何かおかしい。そう。でも、こいつは何だってこんなに……

私は違和感に当てはめる言葉を思いついた。

でも、こいつは何だってこんなに怯《おび》えているんだ？

法というのは純然たる言葉遊びである。私はそう思う。それでいいとも思う。所詮《しょせん》、人間に完璧《かんぺき》なシステムなど作れるはずもない。ならば、システムを運用していく上で生じる個々の綻《ほころ》びをあとから個々に繕っていけばいい。発端としての事件が認知された時点で、結論はすでに生まれている。システムは理由に過ぎない。理由ならば言葉遊びで十分だ。

それにしたって、と私はボールペンを放り出した。もうちょっとマシな言葉遊びはできないもんかな。

愚痴ったところで始まらないのはわかっているが、愚痴でも言わなきゃやってられないほど難解な論文が私の前に積み重ねられていた。主語が途中で入れ替わる。論旨は飛躍どころか時空を超える。挙句、どこかに導かれているのであろう結論のありかが、どうしてもわからない。ジョイスも、カントも、アインシュタインだって理解できないだろう。川から流れてきた桃を割ってみると、浦島太郎がお爺さんになって、お婆さんに変装した狼さんが、三匹の小豚と一緒にバターになるまでやしの木の下をぐるぐる走り回りました。そんな感じだ。どこかの参考書と論文をその内容も理解しないままにつなぎ合わせるとこういう結果になる。教授が逃げ出したくなるのもわかる。

私は腕時計に目を落とした。九時近かった。

「あとは任せた」と言って、教授が私に原稿用紙の束を押しつけたのが夕方の六時。とすると、私はもう三時間も不毛な言葉の海を漂っていたことになる。いくらなんでも義理は果たしただろう。

私はかろうじて添削した原稿用紙の上に、「旅に出ます。探さないでください」と書いたメモを残して、研究室を出た。

大学の門が閉まるのは九時半だ。いったい何の用事があるのか、九時を回ってもキャンパスには学生の姿がちらほらと見受けられる。私は正門へとつながるだらだらとした坂を下った。坂からは四百メートルのトラックが囲むグラウンドを左手に見下ろせる。その真っ暗なグラウンドの真ん中辺りに何かがあった。それが何なのか、私は足を止めないまま、闇に目を凝らした。と、それが動いた。ぎょっとして私は思わず足を止めた。それが人で、寝ている姿勢からちょうど立ち上がったところだったのだと気づくのに、しばらく時間がかかった。立ち上がったその人が私に気づいて、軽く頭を下げた。それが誰なのか、闇の中にいる相手方の顔立ちまでは、こちらからは確認できなかった。失礼をして困る知り合いなど大学にはいなかったが、この時間にグラウンドの真ん中で寝ているその人に興味を覚えた。私はそちらへ足を向けた。その人も私のほうへ歩いてきた。やがて街灯の光が届き、その人の顔に目鼻がついた。

「お前か」と私は言った。

「こんばんは」と結城が丁寧に頭を下げた。

その首に下がっている大きな双眼鏡にさすがに私は不審を覚えた。

「何をしてる？」

私の視線を追った結城は、ああ、と呟《つぶや》いて、双眼鏡に手をやり、空を見上げた。

「星を見てました」

「星？」

私は聞き返し、結城に釣られて空を見上げた。無防備に上げた視線が、地上を見下ろす幾多の冷たい視線とぶつかった。鳥肌が立った。思わず互いの両腕を抱いた私を結城は不思議そうに見つめた。

「寒いですか？」

私が答える前に、結城は着ていた薄いジャケットを脱ぎ、私の肩にかけた。結城の体温が私を包んだ。ふっと寒気が引いた。

「東京にきて一番驚いたのが」と夜空を見上げながら結城が言った。「アルコルが見つからなかったことです。なくなったのかと思いました」

「アルコル？」

　ジャケットの襟を抱き、私は突き出された結城の喉仏《のどぼとけ》を見ていた。すべてが中性的に作られた結城の体の中で、そこだけが結城が男であることを主張しているようだった。

「北斗七星の端から二番目がミザール。そのすぐ隣にある星です。僕が育ったところでは肉眼で見えました。こっちにきて、いくら空を見上げてもアルコルがないんです。でもそんなはずないですよね。見つけました。あそこです。北斗七星、わかりますよね？」

　結城はそう言って、双眼鏡を私に渡そうとした。視野に大きくなる星を想像して、私は首を振った。

「いい」

「え？」

「見たくない」

「でも」

「見たくないんだ」

　私は強く言った。その語調に押されたように、結城は双眼鏡を引っ込めた。そしてしばらく探るように私を見つめた。

　あのときの私と同じだろう。私はそう思った。結城の頭には、あのとき私が感じたものと同じ疑問があるのだろう。

こいつは、何だってこんなに怯えているんだ？

「ごめんなさい」と結城は言った。「押しつけるつもりでは」

「いいんだ」と私は慌てて言った。「お前が悪いんじゃない。そうじゃない。ただ……」

「ただ？」

「怖いんだ」

結城はしばらくその言葉の意味を考え、それから頷《うなず》いた。

「そうですか」

あまりにあっさりとしたその答えに、私は結城の顔色をうかがった。ひょっとしたらと思ったのだが、結城の中に私と同じ思いなどあろうはずもない。結城はただ、結城と私との間にある線を認めただけだ。そして私はそういう人間に限りない安堵《あんど》を覚える。

不意に私は青木と別れた理由を思い出した。大学四年に上がり、企業の内定を取り、彼は以前とは違う積極さで私に関わろうとした。自分の人生設計を語り、私の将来の希望を聞き出そうとした。私にはそれが耐えられなかったのだ。

「私が東京にきて一番驚いたのは」

私と結城はどちらからともなく歩き出し、一番手近にあったベンチに座った。

「魚の頭がないことだった」

「魚の頭？」と結城が聞いた。

「そう。魚の頭。私が育ったのは海辺の町でね。たいがいの魚は丸ごと一匹売っているのが常識だった。それが東京に出てきたら、頭のない魚を売っている。みんな平気でそれを買っている。これでどうやって鮮度を見分けるんだって、唖然《あぜん》としたよ。何か特別な方法でもあるんじゃないかって、ずいぶん研究もした」

「だって、書いてあるでしょう？　さばいた日付とか、賞味期限とか」

「それが本当だって誰にわかる？　嘘かもしれない」

「そんな風に疑い出したら」と結城は笑った。「生きていけないじゃないですか」

「そうだね」と私も笑った。

結城と私の笑い声は絡み合って闇に溶けた。結城は空を見上げた。私は足元を見つめた。

「大学院を出たら」

空から私へ視線を下ろして、結城は聞いた。

「そのあとは、どうするつもりです？」

私はその視線を探った。そこに本質的な興味は見受けられなかった。ただの世間話らしい。

「わからない」と、だから私は素直に答えた。「決めてない」

「大学院へはどうして？」

「うまく距離感がつかめなかったんだ」

「距離感？」

「自分と社会との距離感。距離感がつかめないまま社会に出る気になれなかった。片目をつむったままリングに上がるボクサーがいるか？」

結城は片目をつむってしばらく考え、言った。

「僕は思うんですけど」

「何？」

「社会と個人って絶対ずれますよね。どんなに平凡な人でも、平均値と重なることは絶対にない。逆にいうなら、そのずれこそが個性を作る。社会と、どれだけ、どんな風にずれているかがその人らしさで、それは悪いことじゃないと思うんですけど」

「お前の言わんとすることはとてもよくわかるよ」と私は言った。「でも、私が言いたいのはそういうことじゃない」

「そうですか」と結城は言った。「すみません」

「別に謝ることはないさ」

流れた沈黙は居心地の悪いものではなかった。普段より素直になっている自分と居酒屋でより饒舌《じょうぜつ》になっている結城とのその理由を、私は夜の闇のせいにした。

「流れ星、知ってますか？」

不意に結城が言った。

「流れ星くらい知ってる」と私は言った。

「流れ星って塵《ちり》なんです。地球の重力に引かれた小さな塵が地球に向かって落ちてきて、大気圏で摩擦熱で高温になって発光する。それが流れ星なんです」

「雑学講座か。ためになるよ」

茶化した私に取り合わず、結城は静かに続けた。

「ものすごく広い宇宙の中の取るに足りないような僕らより小さな塵が、たった一度きり、その存在を僕らに示すんです。自分の体を焼き尽くすことで」

広大な時空間。その一点を占めることしか許されない小さなものたち。その一点を輝かせるために命を差し出せと言われたら、私はどうするだろう？

「切ないな」と私は言った。

「ええ。そして美しい」と結城は言った。「だから僕らは祈るんです。たった一瞬の光に向けて。その全存在をかけて輝いているたった一瞬の光に向けて」

「虚《むな》しいな」と私は言った。

「そうでしょうか？」

結城は言ったあと、頷いた。

「そうですね。そうかもしれません。だけど、たぶん、輝いている塵たちはそんな風には思わないでしょうね」

結城はそれを羨《うらや》むように再び夜空を見上げた。私たちはしばらく黙って夜の闇に包まれていた。そこに生まれたのは、親密感ではなく連帯感だと思う。それはたとえば、同じ房に入れられた囚人同士の連帯感だ。私にそう感じさせる結城の中の何かについて、私に問いただす気はなかった。連帯感がそれ以上強まって気詰まりになる前に、私はベンチから腰を上げた。

「サンキュ」

私はジャケットを脱いで、結城に返した。

「じゃあな。覗《のぞ》きと間違われないように気をつけろ」

私の期待通り、結城はベンチから立ち上がりもしなかったし、駅まで一緒に行こうなどとも言い出さなかった。

「先輩も気をつけて」とジャケットを受け取って、結城はそう言った。「夜道ですから」

「ああ」

私は結城に背を向け、夜道を一人歩き出した。少しだけ浮き足立った歩調は、空からの一言で凍りついた。

お姉ちゃん、楽しい？

私は首を振った。そして、いつもの歩調に戻って正門までの道を歩いた。


私と結城とはキャンパスですれ違えば会釈ぐらいは交わすようになった。ゼミでは多少の言葉も交わすようになった。が、それだけだった。それでも教授は満足したのか、二度と私を飲み会に誘うなどという真似はしなかった。立川明美が教授の研究室に私を訪ねてきたのは、梅雨が始まって三日ほどした日の朝のことだった。

ためらいがちに鳴らされたノックに答えると、研究室のドアを開けたのは立川明美だった。何のつもりか、髪をばっさりと切っていた。服装もタイトフィットのジーンズに黒いブラウスにスニーカー。私の知る中で立川明美のもっともまともな姿がそこにあった。

「教授なら今ちょっと出てる」

机から顔を上げて、私は言った。

「入って、待っていればいい。生協にコーヒーを買いに行っただけだからすぐに戻る」

「いえ」

立川明美は伏せていた顔を上げて、真っ直ぐに私を見た。

「教授じゃなくて、先輩に会いにきました」

「それは助かった」と私は言って、椅子から立ち上がった。「アホな学生が書いたアホな論文に、もううんざりしてたんだ。ゆっくりしていってくれ。ま、とにかく入ったら？」

「いえ。すぐに失礼します」

立川明美はやはり硬い表情で言って、一歩だけ部屋の中に足を踏み入れた。

「ただの宣戦布告にきただけですから」

「宣戦布告」

しばらく考えてみたのだが、立川明美と喧嘩《けんか》する理由を私のほうは取り立てて思い浮かべられなかった。

「開戦理由を聞いても？」

「結城くんです。もちろん」

「だったら、戦うべき相手は私じゃなくて結城では？」

「それ、本気で言ってます？」

「どういう意味？」

立川明美は私の表情をじっと観察したあと、心底呆《あき》れたように言った。

「結城くんが好きなのは先輩です。だから私が戦うべき相手も先輩です」

「それはたぶん」と敵意のたっぷりこもった立川明美の視線を持て余しながら私は言った。「誤解だ」

「誤解してるのは先輩のほうです」

立川明美は言って、呟《つぶや》いた。

まあ、それならそれでいいですけど。

立川明美の呟きにかぶさるように、キャンパス全体に休み時間を告げるブザーが鳴った。

「とにかく」

そのブザーが鳴り終わるのも待たず、立川明美は声を張り上げた。

「とにかく、宣戦布告はしましたから。あとはどんな手段に出ても恨まないでください。

スポーツじゃないんです。戦争です。東西の歴史が示す通り、フェアーな戦争なんてありません。勝てばいいんです。目的が、すべての手段を正当化します。私の言う意味、わかりますよね」

「つまり君が言っているのは」と私は頭を掻《か》きながら言った。「明日《あした》から私に関するひどい噂が大学中に広まったりすることもあると、そういうことか？」

「その通りです」と立川明美は頷《うなず》いた。

「ふむ」

「もちろん、そちらからの攻撃も甘んじて受けます。私に関するひどい噂が広まっても文句は言いません」

「お互いの悪い噂が広まった挙句、二人まとめて結城に嫌われるのでは？」

「それならそれで仕方ないです。戦争とはそういうものです」

「国破れて山河あり」

「その通りです」

「残念だよ」

「はい？」

「君がこんなに面白い子だなんて知らなかった。どうしてわざわざ馬鹿のふりをしてたんだ？　知っていれば、もう少し仲良くしてたんだけどな。友達は無理にしたって、親しい知り合いくらいにはなれたかもしれない」

ちらりと送られてきた立川明美の視線にはいくぶんかの賛意が含まれていたように思う。けれど彼女はすぐにその感情を視線から消した。

「とにかく宣戦布告はしましたから。それじゃ」

立川明美は言って、私に背を向けた。ちょうど戻ってきた教授にすれ違いざまに一礼すると、彼女は研究室を出ていった。

「今の、うちのゼミの二年生だよね」

私のための缶コーヒーを放り投げ、自分の分の缶を開けながら教授は言った。

「どうも」と飛んできた缶を受け取り、私も缶を開けた。「立川明美です。自分のゼミ員の名前くらい覚えましょうよ」

「いや、一瞬、君かと思ったんだよ」

「は？」

「あの服、君の真似だろ？」

「ああ」と私は自分の格好を改めて見直して、頷いた。「そう言えば似てますね」

「髪型もね」と言った教授は、いつのまにか意地悪そうな顔になって、私の顔を覗き込んでいた。「何かあった？」

「別に何もないです」

「なら、いいけどね。でも気をつけたほうがいいよ」と教授は意地悪そうな顔で続けた。

「鼻筋がつんと通ってて、唇がぷくっとしてるって、あの手の顔の女の子は情が深いんだ。情が深ければ嫉妬《しっと》も激しい。おまけに君は人情の機微に疎いところがある」

「気をつけます」と私は言った。

「それがいい」と教授は頷いて、意地悪なカラスみたいにケラケラと笑った。

立川明美の宣戦布告がどこまで本気だったのかはわからない。が、少なくとも、私の悪い噂が大学に広まることはなかった。その日の夜、立川明美が不幸な事故に遭遇したからだ。翌日、その話を他のゼミ員から聞いたとき、私は真っ先に考えた。彼女はその新しい髪型を結城に見せることができたのだろうかと。


病室は個室だった。スーツ姿の男が一人いた。男はベッドの脇の椅子に座り、とても痛ましそうな顔で、立川明美の寝顔を見つめていた。立川明美の兄、と、年の頃から私は勝手に見当をつけた。

「このたびは」と私は持ってきた花束を差し出しながら言った。「本当に不運なことになってしまって」

男は差し出された花束を見遣《や》った。受け取る仕草は見せなかった。椅子から立ち上がりすらしなかった。突き出した花束と両腕をどうしたものかと、私が困り始めたころ、男が聞いた。

「この人の友達ですか？」

どうやら親族ではなかったらしい。私は花束を引っ込めた。

「ええ、大学で同じゼミにおりまして」と私は言った。「あなたは？」

「ああ」

男は立ち上がり、一礼したあと、私を見下ろした。ずいぶん背の高い男だった。

「吉本《よしもと》といいます。事故現場に居合わせたものです。救急車を呼んだのも僕です。昨日、一緒に救急車に乗りました。昨日は意識が戻らなかったと聞きましたので、気になったものですから」

まるでそこにいることへの言い訳のように吉本なる男は言った。

「それはわざわざありがとうございます」と私は言った。「赤信号を無視してきた乗用車に撥《は》ねられたとか」

「ええ。運転手は信号は青だったと主張しているようです。でも、確かに信号は赤でした。彼女に落ち度はありません」

そちらへ向いた吉本の視線に釣られて、私も立川明美の寝顔を見下ろした。いくつかの骨折。頭を強く打ったらしい。事故以来、意識は戻っていないものの、今のところ命に別状はないという。彼女は死なない。けれど時として、落ち度はなくとも人は死ぬ。妹にだって落ち度はなかった。けれど妹は死んだ。

いや。

私が殺したのだ。

「どうしました？」

吉本の声が頭上から聞こえた。私は顔を上げた。眉根《まゆね》を寄せ、心配そうにというよりは不審そうに吉本は私を見下ろしていた。

「座ったほうがいいです。顔色が悪い」

吉本はさっきまで自分が座っていた椅子を引き寄せると、そこに私を座らせた。

「誰か、呼びましょうか？」

「大丈夫です。ただの」

額に手を当て、ゆっくりと一つ深呼吸をしてから私は言った。

「ただの軽い貧血です。よくあるんです。すぐに治ります」

「そうですか」

吉本は膝《ひざ》をついて私の顔を覗《のぞ》き込んだ。私は何とか笑ってみせた。吉本はしばらく私の顔を眺め、それから視線を立川明美の寝顔に戻した。立川明美のことでも、私のことでもなく、吉本は何か別のことを気にかけているようだった。けれど、水を向ける気分にもならなかった。一人になりたかった。早く病室を出ていって欲しかったが、吉本は動かなかった。ならば自分が出ていこうかと腰を浮かしかけたとき、膝をついた姿勢のままで吉本が聞いた。

「結城ツトム、ご存じですか？」

その視線はまだ立川明美の寝顔に当てられていた。

「結城？」

なぜここに結城の名前が出てくるのかわからず、私は聞き返した。

「ええ。結城ツトム」と吉本は繰り返した。

気のせいかもしれない。が、彼の言う結城ツトムの名前には、どこかしら悪意が感じられた。私は軽い反発を覚えた。

「結城が何です？」

「ご存じなんですね？」

「私と、彼女とも、同じゼミの学生ですが」

「ああ」

吉本は納得したように頷いた。

「そう。ゼミが同じでしたか」

「結城が何なんです？」

彼は私に目を向けた。ついと開きかけた口を一度閉ざした。そしてまた立川明美のほうへと視線を避けた。

「結城ツトムは」と彼は立川明美の寝顔を見て、呟《つぶや》くように聞いた。「ものを言い当てませんか？」

「はい？」と私は聞き返した。

吉本は一瞬だけ、けれど鋭く私の表情を探り、それから首を振った。

「いいえ。いいんです。仕事に戻らなければならないので、これで失礼します。お友達、早くよくなられるといいですね」

吉本は軽く一礼して、病室を出ていった。


その後の二日間、注意して気を配っていたのだが、大学で結城の姿を見かけることはなかった。三日目にあったゼミにも顔を見せなかった。私はゼミが終わったあと、ゼミの名簿を頼りに結城の住む町を訪ねた。公衆電話で電話してみると、結城は家にいた。

「今、駅前のコンビニの前の公衆電話にいる。隣が郵便局で、逆の隣が弁当屋。わかるか？」

「あ、ええ、はい」

「今から行く。ここからどう行けばいい？」

「今からって」と結城は口籠《ご》もった。「そんな急に言われても」

その口調には私に気づかせるだけの迷惑そうな響きが十分に含まれていたが、私は無視した。

「クッキーもケーキもいらない。コーヒーが切れてるなら、私が買っていく。ここから、どう行けばいいんだ？」

「あの、いったい、どうしたんです？」

「話がある。ここからどう行けばいいんだ？」

私は強い口調で押し切った。そのまましばらく待っていると、微《かす》かなため息が電話線を伝わってきた。

「そこにいてください。今から行きます。十分くらいかかりますけど」

「コンビニの中で待ってる」

　私がコンビニで女性誌を立ち読みしていると、結城が現れた。端整な顔に疲れの色が滲《にじ》んでいた。思わず駆け寄りそうになった足をぐっと堪《こら》え、私は結城が近づいてくるのを待った。

「八分四十五秒」と腕時計を見て、私は努めて冷淡に言った。「女を待たせないのはいい心がけだ」

　結城は何も答えなかった。私は手にしていた女性誌をラックに戻した。

「立川明美の見舞い、行ってないそうだな。まだ意識は戻ってないけど、同じゼミにいる義理だけにしたって、一度くらいは見舞ってやってもいいんじゃないか？　あの教授ですら、一度は行ってる」

　結城は顔を伏せたまま、何も答えなかった。コンビニの店員がやってきて、私が乱暴に戻した女性誌をこれ見よがしに整えた。

「出るぞ」

　私は言うと、先に立ってコンビニを出た。横断歩道を渡り、向かいに見つけた喫茶店に向かった。店に入る間際にふと泳がせた視線が少し離れた自販機の陰にいる人をとらえた。私と目が合うと、彼は慌てて私に背を向けた。後ろの結城を振り返りかけて、やめた。私は黙って喫茶店に入った。

静かな店だった。他に客はいなかった。注意してなければ旋律を追えないくらい小さな音でクラシックが流れていた。私たちはレースのカーテンがかけられた窓の脇の席に向かい合った。カウンターから中年の女性が出てきて、注文を取った。喫茶店よりは八百屋のほうが似合いそうなおばちゃんだった。私のレモンティーと結城のアイスコーヒーがくるまで、私たちは言葉を交わさなかった。私はじっと結城を睨《にら》みつけていた。結城はずっと俯《うつむ》いていた。

「それで?」と私はカップの中からレモンをすくい出しながら聞いた。「どうして見舞いに行かないんだ?」

「忙しかったんです。色々と」

結城は俯いたまま言った。

「忙しかった?」と私は言った。

声が変に店内に響いてしまい、私は少し声を落とした。

「ここからあの病院まで何分かかる? 行って、顔を見て、帰ってきて、せいぜい、一時間半かそこらだろ? 立川明美には、たったそれだけの時間も都合してやれないのか?」

「近いうちに行きます」

「嘘だ」

「嘘じゃないですよ。必ず行きます」

それも嘘だと思った。けれど、それを嘘だと責めたところで、どうなるわけでもなかった。いっそ、今、この場から病院まで引っ張っていってやりたかったが、そういうわけにもいかなかった。私はカップを持ち上げた。レモンの爽《さわ》やかな香りも、紅茶の柔らかな温《ぬく》もりも、私のささくれ立った気持ちを安らげてくれそうになかった。

店のおばちゃんは、客のような顔で別な席に座り、スポーツ新聞を読みながらコーラを飲み始めた。注意して耳を傾けてみると、流れているのはラフマニノフのピアノ曲らしかった。

「どうしてです？」

結城がぽつりと呟いた。

「何？」と私は結城に視線を戻して聞いた。

「先輩と立川さん、そんなに仲が良かったですか？」

結城は上目遣いに私を見ていた。

「良くないよ。この前、飲みに行くまでは名前だってろくに覚えていなかった」

「それじゃ、どうして？　どうしてこんなこと……」

そこにはわずかに私を責める色があった。他の人の基準は知らない。けれど、私と結城との基準において、それはしてはいけないことのはずだった。結城はそれを責めていたし、私にもそれはわかった。

「本当だな。まったく」

私は頷《うなず》いて、再びカップを手にした。口につけるより先にため息が漏れた。気分を休めようとピアノの旋律を耳で追ってみたが、ラフマニノフの旋律はかえって私の気分を滅《め》入《い》らせただけだった。

「髪型を変えたんだよ」

結局、口をつけないままカップを戻して、私は言った。

「髪型？」と結城が聞き返した。

「立川明美。服装も変えた。化粧も変わってた。そういうの、弱いんだよ。自分は絶対やらないことだから。そういうの、大事にしてやりたくなるんだよ。変か？」

結城はグラスにストローをさして、コーヒーをかき混ぜた。カラカラと氷が音を立てた。奇麗な音だと思った。

「すみません」と結城は言った。

「私に謝ったってしょうがない」

視界の隅で動いた人影に釣られて、私はレースのカーテン越しに窓の向こうを見遣《や》った。彼が向かいの道に移動しているところだった。明るい表からは薄暗い店内が見難《にく》いのだろう。こちらから見れば無防備なほどに姿を晒《さら》しながら、彼は何とか店内の様子をうかがおうとしていた。

私は目の前の結城を見た。彼のことを告げようとして、また思いとどまった。私も、たぶん結城も知らないところで何かが動いている。ふと好奇心が湧いた。

「もう行けよ」

「はい？」

「お前の顔を見てると苛々《いらいら》する。だから、もう行け」

結城は少し迷ってから腰を上げた。財布から千円札を抜き取り、テーブルに置いて、店を出ていった。私は残った紅茶を飲み干した。ゆっくりと十まで数えてから、会計をすませ、店を出た。結城の背中はちょうど交差点を曲がるところだった。私はその交差点まで小走りに走った。曲がった先はパチンコ屋から始まる商店街だった。アーケードに覆われた商店街を一定のペースで歩き続ける結城は、何かを考えるように俯いていた。振り返ることはなかった。だから気づかなかった。私にも。私の前で結城の背中を追うその人にも。

私は一息に距離を詰めて、その背中を叩《たた》いた。

「こんにちは」

彼は少し困ったように私の顔と結城の背中を見比べ、それから仕方なさそうに笑った。

「やっぱり見つかってましたか」

「吉本さん、でしたね」と私はなるべく表情を動かさないようにして言った。「立川明美の見舞いにきたかと思ったら、今度は結城をつけ回している。あなた、いったい何なんです？」

「彼女は、どうです？　目を覚ましましたか？」

私の質問には答えず、吉本は聞いた。義理だけではなさそうだった。吉本は本気でそれを気にかけているようだった。

「まだ寝てます」と私は言った。「ちょっと長引いてますけど、医者に言わせれば大丈夫だそうです」

「そうですか」

吉本はまた結城の歩いていったほうを見遣った。結城の背中はすでに商店街から消えていた。

「結城ツトムとは」と消えた結城の背中に名残惜しそうにそちらを向いたまま、吉本は言った。「何の話を？」

「あたり障りのない話です」

「あたり障りのない、どんな話です？」

それが不躾《ぶしつけ》だと気づいてすらいないような吉本の口調に、さすがに私もかちんときた。

「もっぱら人情の機微について」と私はできる限りぶっきらぼうに言った。

「人情？」と吉本は首を傾げた。

「あなたは？」

「え？」

「だから、あなたは、何なんです？」

吉本はしばらく視線をさ迷わせ、それから自分の足元に目を遣った。適当な嘘を考えているようでもあり、返答そのものを拒絶しているようでもあった。吉本がどちらかの態度を明確にする前に私は言った。

「あとをつけ回している変な男がいるから気をつけたほうがいい。結城にそう忠告したほうがいいですか？」

吉本は私を見下ろし、諦《あきら》めたようにため息をつくと、歩いてきた方向に顎《あご》をしゃくった。

「戻りましょう」

吉本はさっきまで私たちがいた喫茶店に戻った。違う男と同じ席に座った私に、店のおばちゃんが少し嫌そうな顔をした。もう一度同じものを頼むのも芸がないような気がして、今度はミルクティーを頼んだ。男はブレンドを頼んだ。曲はブラームスに変わっていた。

「それで？」

注文を取ったおばちゃんが席を離れるのを待って、私は聞いた。吉本は憂鬱《ゆううつ》そうな顔でポケットから煙草を取り出した。一本抜きかけ、それから許可を求めるように私を見た。

「どうぞ。私も吸いますから」

私は言って、バッグから煙草を取り出し、火をつけた。男も煙草に火をつけた。フランス煙草の強い匂いが私のほうまで漂ってきた。煙と一緒に吉本は何か言葉を吐き出した。チョウとつくのだから、どこかの町の名前なのだろうが、私は聞いたことがなかった。

「ご存じですか?」

「知りませんね。初めて聞きます」

「僕の生まれた町です。町とは名ばかりの、村、ですね。中心にあるのは古いスーパーマーケットだけ。コンビニもないし、一番近くのマクドナルドは電車で一時間かかります。地酒が少し有名ですが、それにしたって全国区じゃない。観光地もなければ、温泉も出ない。東北の小さな集落です。僕はそこで育ちました。結城ツトムもそこの出身です」

「ああ」と私は頷いた。「結城と同郷でしたか」

「幼馴染《なじ》みです。僕の家の三つ隣が結城さんの家でした」

結城とのつながりはわかっても、あとをつける理由にはなっていなかった。私は話の続きを待った。

「ツトムにはお姉さんがいました。ヨウコさんといいます。太陽の陽の陽子さん。ツトムより二つ年上で、僕の四つ下でした。僕は一人っ子でしたから、陽子さんとツトムとは本当の妹と弟みたいによく遊んでいました」

吉本は椅子の背もたれに体を預けるようにして、長い足を組んだ。私にかからないように軽く横を向いて煙を吐き出すと、吉本はそのまま何もない虚空を見つめた。

「物静かな人でした」

「はい？」

「陽子さんです」

「ああ」

「彼女の近くにいるだけでその静けさに包まれるような。暗いというのとも少し違う。いつも優しげな微笑を浮かべているような人でした。友達は多くなかったようです。いつも一人でどこか遠くを、いや、誰の目にも見えない彼女だけの景色を眺めているみたいな、そんな人でした」

その話がどこに向かって流れているのかは読めなかったが、吉本の顔に浮かんだ幸福そうな表情に笑みを誘われた。

「好きだったんですね？」

私が言うと、吉本は虚空から私に目を戻し、少し笑った。

「恋をするには少し年が離れ過ぎていました。僕が高校に入ったときには彼女はまだ小学生だったんですから。けれど、そう、それに近い感覚かもしれません」

おばちゃんがミルクティーとコーヒーを運んできた。吉本は砂糖を一つ入れてコーヒーを混ぜたが、口には運ばなかった。スプーンを戻して、続けた。

「僕は大学進学のために上京しましたから、二人とは休みに帰るときくらいにしか会えなくなりました。中学が終わろうとするころに彼女は引っ越していきました。ご両親が亡くなったからです。飛行機事故でした。彼女はツトムとともに親戚《しんせき》の家に引き取られたと聞いています。それ以来、彼女には会っていません。僕はそのままこちらで就職しました」

「ええ」

「それがつい先週のことです。僕は、偶然、ツトムを見かけました。そして彼が、お姉さんとともに東京に出てきていることを知りました。久しぶりに会えればと思って、僕は二人の住む家を訪ねました。この近くの住宅街の中の一軒家です。そのときは、二人とも留守でした。翌日も訪ねてみました。ツトムが出てきて、姉は留守だと言われました。その翌日も訪ねてみました。すると、またツトムが出てきて、姉はあなたには会いたくないと言っている。もうこないで欲しいと、そう言われました。訳がわかりませんでした」

「それは、また、嫌われたもんですね」

「でも、そんなはずはないんです」

少しむきになった吉本の言葉を私は受け流した。

「まあ、大概のストーカーはそう言うそうですけど」

「ストーカーですか」と吉本は苦笑した。「でも、嫌われる理由がどうしても思い当たらないんです。色々考えました。ご両親が亡くなられたとき、何も力になってあげられなかったことを恨んでいるのだろうか、とか。でも、当時の僕は一介の大学生でした。二人に何をしてあげられるわけもない。他に、と言われても本当に何も思い当たらなかったんです。だから、どうしても気になりました」

「単に昔を忘れたいだけだったんじゃないですか？　そういう人だっています」

「ええ。そうかもしれません。けれど僕は納得できませんでした。やけに感情的なツトムの応対も不審に感じました。それで、二人の家の近所の人に話を聞いてみたんです。そして、奇妙なことに気づきました。二人の近所に住む人が、誰も陽子さんの存在を確認していないんです。引っ越しの挨拶《あいさつ》にきたのもツトムなら、回覧板を回すのも、ゴミを出すのもツトム。ほとんどの人が、その家にはツトムが一人で住んでいるものだと思い込んでいました。陽子さんを見たと言う人もいましたが、よくよく聞いてみれば、家に入るところを遠目に見かけたというだけで、きちんと確認したわけではない」

　吉本は自分の手のひらを一度擦《こす》り合わせるようにして、続けた。

「そこで、僕はふと思ったんです。その家に本当に陽子さんはいるのか。ひょっとしたら陽子さんはその家にいないんじゃないか。ツトムがさもいるかのように見せかけているだけではないか。遠目に見かけたという陽子さんは、ツトムが変装をしていたのではないか」

　私は啞《あ》然《ぜん》とした。

「いったい何の話です？」

「結城家というのは、その地方でも有数の名家でした。広大な土地と山林を所有していました。ご両親が亡くなったときに、二人はその莫大《ばくだい》な財産を相続しているはずなんです。そして陽子さんが死ねば、ツトムはその財産を一人で受け継ぐことになる」

吉本の言葉を理解するまでに、少し時間がかかった。

「それはつまり」と煙草の頭を灰皿に押しつけて、私は言った。「結城ツトムが、お姉さんを殺したと言っているわけですか？」

「ええ」

吉本は頷《うなず》いた。

「あ、いや、でもちょっと待ってください」

思わぬ話の成り行きに、私は慌てて言った。

「二人の家には財産があった。その財産を独り占めしたくて、結城はお姉さんを殺した。いいでしょう。無茶苦茶に聞こえますけど、筋は通っているとしましょう。でも、なぜです？　なぜ、結城は、殺したはずのお姉さんをあたかも生きているように見せかける必要があるんです？」

「それについて、思い当たることがあったので、僕は二人を引き取った親戚を訪ねました。調べてみると、二人を引き取ったのは、二人の母方の叔父《おじ》に当たる人で、大阪のほうで小さな不動産屋を経営していました。根は悪い人ではないんでしょう。さほど悪びれもせずに教えてくれました。二人の相続した財産に手を出したことを」

吉本は見ていて苛々《いらいら》するくらい丁寧に煙草の火を消しながら言った。

「はい？」

「ご両親が亡くなられたとき、二人は未成年でした。民法上、未成年者に財産を処分する権限はありません。二人を引き取るのと同時に、その叔父さんが二人の後見人になり、二人の財産を管理することになりました。あるとき、商売上、どうしてもお金が必要になったそうです。大雑把な人なのでしょうね。ちょっとお金が必要になった。手元に遊んでいる財産がある。だったら、少しの間くらい借りたっていいじゃないか。そんな軽い気持ちだったと言っていました。二人には悪いことをしたと、しきりに言っていましたよ。おかげで二人を居づらくさせてしまったと」

吉本は初めてコーヒーに口をつけると、ほお、と一つため息をついた。

「その直後に二人は東京に出てきました。そのころには陽子さんが成人していましたから、たぶん、ツトムの後見人は陽子さんに引き継がれたのでしょう」

「つまり、今、お姉さんが死んだことがわかれば、まだ未成年の自分には後見人がつくことになる。それを嫌がったから、結城はお姉さんがあたかも生きているように見せかけている、と？」

「ええ。そしてあと二ヶ月でツトムも成人します。僕はまとまった休みを取って、そこまでのことを調べ上げました。それからは休日や会社が終わったあと、いえ、今日もそうですけど、外回りをさぼったりもして、探偵まがいにツトムを尾行してみました。けれど、何もつかめませんでした。何度か、陽子さんに会わせてくれと会いに行っても、ツトムに追い返されます。ツトムの出かけた隙に訪ねていけば、いつも応答がない。どう考えたって不自然でしょう?」

「まあ、変ですかね」

「僕はほとんど確信しています。あの家に陽子さんはいない。すでにツトムに殺されている。そしてあと二ヶ月経てば、陽子さんの死がツトムによって何らかの形で表に出てくる」

ずいぶん歪《ゆが》んだ妄想だった。心理学者なら、その話から吉本の抱えるコンプレックスだか精神的疾患だか幼年期の心的外傷だかを割り出せるのかもしれないが、私にはそんなことできるはずもなかった。ただ聞いた。

「だったら結城は、なぜその二ヶ月後まで待たなかったんです? 自分が成人してから殺せば、そんな小細工をする必要もないでしょう?」

「それは、きっと、そう、きっと何かの弾みで殺してしまったのでしょう」

吉本は言ったが、歯切れは悪かった。問いただす気にもなれなかった。どうせ、頭のおかしい男のただの妄想だ。

「この前は、会社が終わったあと、張り込もうと、ツトムの家に行ったんです。ちょうど中から女の子が出てきました。その家に人が出入りするのを見たのは初めてでした。知らない人でしたが、彼女は間違いなくその家に足を踏み入れているわけです。だったら、そこに陽子さんがいたかどうか。いえ、本人を認めていなくても、そこに陽子さんが住んでいる気配があったかどうかくらいは確認できたはずです。僕は彼女のあとをつけました。彼女が何者で、ツトムとどんな関係なのかを突き止めて、どうやって話を聞き出すかを考えようと思いました。うかつに接触して、ツトムに僕のことを喋《しゃべ》られて、警戒されても困りますから。彼女はそのまま駅に向かい、電車を乗り継いで、ある駅で降りました。たぶん、そこが彼女の住む町で、家に帰るつもりだったのでしょう。僕は尾行を続けました。彼女が赤信号で立ち止まりました。僕は彼女のすぐ後ろに立ちました。信号が青に変わり、彼女が足を踏み出した瞬間、そこに車が」

　吉本はやり切れないというように首を振った。

「偶然、居合わせたわけではなく、つけていたわけですか」

　私は言った。妄想は頭の中にあるだけならただの妄想だが、そこに行動が加われば、それはいわゆる変質者だ。

「あなたにお願いがあります。僕のことをツトムに喋るのは構わない。けれど、その前に確認して欲しいんです。その家の中に陽子さんがいるのかどうか。その気配があるのかどうか。お願いできませんか？」

　真剣な目だった。

「申し訳ないですけど」と私も真剣な目を作って言った。「姉を殺したなんていう凶悪な殺人犯に関わる勇気がありません」

吉本はじっと私の顔を見て、それから笑った。それが冗談だとわかる程度にはまともらしかった。

「信じてくれないんですね」

「まさか、今の話を信じさせるつもりだったんですか？」

「無理もないですか」

吉本は頷いて、財布から名刺を取り出し、裏に電話番号を二つ書いた。

「自宅と携帯です。せめて、お友達が目を覚ましたら、連絡をもらえませんか」

名刺を受け取りかねた私に、吉本は笑った。

「救急車を呼んだのは僕ですよ。ある意味、命の恩人とも言える。お礼くらい言ってもらえてもいいと思いませんか？」

私は仕方なく名刺を受け取った。私も知っている程度には有名な化学会社のものだった。

それじゃ。

吉本は立ち上がり、店を出ていった。二人の男ともに先に立たれた私に、おばちゃんが少し小気味よさそうな顔をした。

近所で夕飯の買い物をして、アパートの部屋に戻ると、電話が鳴っていた。私が靴を脱ぎ、部屋に上がるころには、留守番電話に切り替わっていた。

「あ、いないのか」

父の声だった。視線が壁にかけてあるカレンダーを追った。確認しなくとも、父の用件はわかっていた。そろそろ連絡があるだろうと、もう一週間も前から私は電話のベルに敏感になっていた。

「また電話する」

父が電話を切る寸前に、私は受話器を取った。

「もしもし。私。今、戻ったところ」

「ああ」

父は言って、私の健康状態と預金残高と東京の天気を尋ねた。明らかに意味も興味もない父の質問に、私はいちいち答えていった。質問のレパートリーが切れると、父は黙り込んだ。私のほうから水を向けようかと口を開きかけたとき、父が言った。

「今年も帰ってこられないのか」

そこに私を責める風はなかった。ただ寂しそうだった。私はまた壁のカレンダーに目を遣《や》った。妹の命日が迫っていた。

「ごめん」と私は言った。「帰れそうにないの。教授の手伝いが色々あって」

何かを言いかけたのだと思う。けれど、父はぐっと言葉を飲み込んだ。また沈黙が落ちた。その沈黙の中に波の音を聞いた気がした。帰りたい、と、痛いくらいにそう思った。

「お前には悪いことをしたと思う」

やがて父は言った。

「和美《かずみ》が死んでから、ずっと、父さんも母さんも和美のことばかりが頭に残っていて」

「仕方ないよ」と私は言った。「まだ九つだったんだから」

「和美は俺たちが、いや、俺が殺したも同然だ。お前のことが可愛くなかったわけじゃない。もちろん、そんなことはない。だけど、お前はしっかりした子だったから、だから」

それ以上、言って欲しくなかった。

「いいよ。ちゃんと構ってもらってたよ。体育祭にだって、文化祭にだってきてくれたじゃない。全然、普通だよ」

父が言っているのはそういうことではなかったし、私にもそれはわかっていた。私を見守る母の目は、いつも私の中に妹の影を探していた。私を見守る父の目は、いつもどこか虚《うつ》ろだった。二人はそれをいつも申し訳なく思い、申し訳ないという二人の気持ちはいつも私をいたたまれなくさせた。

いっそ喋ってしまえばどんなに楽になるだろう。そう思った。私が妹を殺したのだと。自分が生き残るために、私は妹を殺したのだと。けれどそれを言えないこともわかっていた。思えば、私がわざわざ東京の大学へきたのは、両親から離れるためだったのかもしれない。離れていれば、衝動に突き動かされてそれを喋る危険が減る。喋らなければ二人を失うことはない。私は可哀想な姉としていつまでも愛してもらえる。そこからはどこへも行き着けないことは、私にだってわかっていた。それでも私は、そこから動くことができなかった。

「お前」と不意に口調を軽いものに変えて父は言った。「付き合っている人、いるのか？」

「いるよ、もちろん」と私は笑った。「私を何だと思ってるのよ」

「一度、会ってみたいな」

「冗談でしょ？」

「男親にとって、そういうのって夢なんだよ。娘の連れてきた彼氏にネチネチ嫌味を言ったり、とかな」

「絶対、連れてかない」

私が笑い、父も笑った。

「それじゃな。暇ができたら、戻ってこい。いつでもいいから。金は足りてるのか？」

「十分よ」

「そうか。風邪引くなよ。ちゃんと食べろよ」

「わかってる」

「じゃあな。おやすみ」

「おやすみなさい」

父は電話を切った。聞き慣れた発信音が繰り返された。私を責めているようでもあり、嘲笑《あざわら》っているようでもあった。

「ごめんなさい」

発信音を耳に当てながら私は言った。

「ごめんなさい。ごめんなさい。ごめんなさい。

私は膝《ひざ》をつき、受話器を額に当てた。彼らを不幸にしているのは、私だと思った。簡単な夕食をすませ、しばらく本を読んでから風呂《ふろ》に入り、零時になる前にベッドにもぐりこんだ。目を閉じても、中々眠りは訪れなかった。いつものことだった。目を閉じたまま、何時間もじっと横になり、明け方に訪れる浅いまどろみを待つ。それが自然になってしまった。手足の先から冷たくなる。その冷たさは徐々に私の全身を包んでいく。その冷たさにすっぽりとくるまれたとき、私は初めて少しだけ眠ることができる。冷たい眠りの中にいるそのわずかな時間にだけ、私は深い安らぎを感じることができる。

「覚えてないんですよ。全然」

立川明美はけろっとした顔でプリンを食べながら言った。足のギプスが痛々しいが、ベッドの上で起こした上半身だけ見るのなら、立川明美は事故の前よりもむしろ元気そうだった。

「私、どこで轢《ひ》かれたんです？」

「自分ちの近く」と私は言った。「一口、いいか？」

「あ、どうぞ」

立川明美はプリンをすくって、私の口に寄せた。控えめな甘さには好感を持てたが、一日の生産数を限定してまで作り出した味には思えなかった。二度とあの店では買うまいと心に誓った。スプーンに向けて顔を突き出した隙に、立川明美が私の耳に囁《ささや》いた。

「彼氏ですか？」

私は後ろにいる吉本を振り返った。

「あんたの事故の目撃者だよ。わざわざ救急車を呼んでくれた人だ」

「あ、そうだったんですか」

立川明美はプリンをベッドサイドのワゴンに置くと、吉本に丁寧に頭を下げた。

「それは、どうも、ご迷惑をおかけしました」

「いいえ。そんなことはいいんですけど、本当に、事故の前後のこと、覚えていないんですか？」

吉本は聞いた。

「さっぱり」

立川明美は首を振り、プリンの残りに取りかかりながら、何気ない風に聞いた。

「みんな、元気ですか？」

そのみんなが誰を指しているのかくらい、人情の機微に疎い私にだってわかった。

「たかだか五日間寝ていただけだ。株価も世界情勢も結城ツトムも、大して変わっちゃいない。元気だよ」

「そうですか」と立川明美は頷《うなず》いた。「そうですよね」

「そのうち見舞いにくるだろ」

くるかなあ。

立川明美は呟《つぶや》いて、ぱくりとスプーンを口に含んだ。私に答えられるわけもなかった。

「じゃ、行くな。さっさと退院しろよな。あんたがいないと、ゼミの男どもが寂しがる」

私は吉本を促して、立ち上がった。病室を出る間際に立川明美が声を上げた。

「先輩」

振り返った私に、立川明美は手招きをした。

「外で待ってます」

吉本は言って、病室を出ていった。私はベッドの脇に戻った。

「大丈夫だ。私はあんたと違ってフェアーなんだ。この隙に結城に言い寄ったりしない。だから、気を安らかに、ちゃんと養生しろ」

「そうじゃなくて」

立川明美は両手を出して、私の頰を挟んだ。反射的に顔を引きかけたが、意外なほどにこもった力がそれを許さなかった。

「嘘、ついてますね？」

立川明美はじっと私を見て、言った。

「何のこと？」

「結城くん、何かあったんですか？」

何もないよ。そう笑って誤魔化すには、立川明美の視線は生真面目過ぎた。

「私には、教えてくれないんですね？」

「教えるほど、私にも状況がよくわかっていないんだ」と私は正直に言った。

「結城くんは、大丈夫なんですか？」

「わからない」と私はまた正直に言った。「あんたの事故以来、大学へはきていない。それについては、色々ややこしい成り行きがあるらしいんだけど、私にもうまく説明できない。そのうち、結城本人を連れてきて、きちんと説明させる。約束する。大丈夫だから、あんたは自分のことだけを考えてろ」

立川明美の手が離れた。はあ、とため息をついて、彼女は私を見上げた。

「わかってたんですよね。どうやったって、先輩にはかなわないって」

「何を言ってる？」

「わかってたんです。だから、負けを承知の戦争でした。こんな髪型にしたって」と立川明美は、自分の髪を指ですいて笑った。「先輩みたいになれるわけじゃないのに」

「なる必要もない」と私は言った。「全然、なる必要なんてない」

強い口調になった私の言葉に、立川明美はしばらく黙り込んだ。やがて、最高に、と言って、立川明美はゆったりと微笑んだ。

「最高に腹が立つんですよね、そういうの。自分にすっごく好きな人がいて、だけど、その人は別な人が好きで、でもその別な人は全然自分自身のことなんか好きじゃないって」

何も言葉を返せなかった。立川明美は今度はそっと私の頬に触れた。

「先輩が何を抱えているのか、私は知りません。たぶん、私なんかには話してくれないでしょう。だから聞きません。そして結城くんは、先輩のそういう強さが好きなんだと思います。たぶん、私には想像がつかないくらい傷ついたことがあって、それでも誰にも優しさを媚《こ》びたりせずに肩で風を切っているような、そういう先輩が好きなんだと思います」

違うんだ。私はそう言いたかった。そんなかっこいいもんじゃないんだ。全然、違うんだ。私こそ、どんなにあんたみたいになりたいか。どんなに強くそう願っているか。そう言いたかった。

「似てますよ。二人。結城くんも何かを抱えていて、そしてそれは絶対に私なんかには話してくれない。でも、先輩にだったら」

それ以上は聞けなかった。聞きたくなかった。私は立川明美の髪をくしゃりと一度撫《な》でて、病室を出た。

「結城くんのこと」

後ろ手にドアを閉めるとき、私の背中に立川明美が呟いた。

「任せて、いいですよね？」

「早く治せよ」

ようやくそれだけ言って、ドアを閉めた。病室を出たところで、壁に寄り掛かるようにして吉本が立っていた。

「記憶をなくしていて、よかったのでしょうね」

吉本は呟いた。

「彼女は確かに何かを見ているはずです。そのことがツトムに知れたら、今度は彼女が狙われるかもしれない」

殴りたくなった。目の前の男も、目の前の男が話す話も、ただ鬱陶《うっとう》しかった。結城が姉を殺したというのなら、それもいいだろう。そう思った。結城ごと目の前の男を私の世界から排除したかった。

「煙草、吸いたいですね」

吉本が言った。それだけは同感だった。私たちは病院を出るために歩き出した。

「退学届？」

私は論文から目を上げて、教授を振り返った。私が研究室に入った途端、教授はデスクの前の椅子を私に押しつけ、自分はソファーに座り、一人で詰め将棋を始めていた。

「うん。今朝方、郵便で届いたらしい。何か事情を知っているかって学生課に聞かれて、困ったよ。君、何か知ってる?」

さほど困った風もなく教授は言った。目の前の詰め将棋ほどには興味を持っていないようだった。

「いえ」と私は首を振った。

「まあ、いいんだけどね」

教授は歩を成らせて、王手をかけた。

「その退学届は受理されるわけですか?」

「辞めたいって言っている人を無理においておくわけにもいかないさ。入りたいって人を無理に振り落としているくらいだから」

「それは、まあ、そうなりますか」

「なるだろうね」

下がった王に今度は桂を打った。

「竜が先でしょう」と私は言った。

「え?」

「竜で王手。銀を張られて、桂。下がったところに頭金で詰みです」

「あ、なるほどね」

なるほど、なるほど。

教授は伏せていた本を手にして頷いた。

「ところで」

本のページをめくり、新しい問題を盤の上に並べながら教授は言った。

「君はどうして僕のところへきたの？」

「はい？」

唐突な質問に戸惑って、私は聞き返した。

「君ほど優秀な学生なら、どこのゼミにも入れたでしょ。他にも色々あっただろうに。国際関係法とか、流行《はや》りのゼミがさ。何で僕のところだった？」

「教授のお人柄に惹《ひ》かれて、とでも答えれば満足ですか？」

「いや、いや。真面目な話」

「真面目な話、これほど人使いの荒いゼミだとは知らなかったんです」

私は笑いながら言ったのだが、教授は乗ってこなかった。

「だったら、院に入るときに移ればよかった」

「やけに絡みますね」

「辞められてみると、考えるんだよ。そもそも、どうして彼はうちのゼミにいたのかって。まあ、大学そのものを辞めるっていうんだから、それなりに事情があるんだろうけどね」

駒を並べ終えた教授は今度は王の斜めに角を飛び込ませた。

「それで、ふと思ったんだ。君はどうしてこのゼミにいるのかってね。研究者になりたいっていう強い希望があるわけでもなさそうだし、刑法ゼミなんて長くいたところで就職に有利なわけでもないし」

「真面目な話」

私は席を立ち、教授の向かいのソファーに腰を下ろした。

「自分の犯した罪がどの程度のものなのか知りたかったんです。まだわからないのでここにいます。ご迷惑でしょうが、もう少し見逃してください」

私は下にいた銀で飛び込んできた角を取った。

「あ、そっちで取るのか」

教授は呟《つぶや》いて、今度は桂を飛び込ませた。

「罪って、君、何かしたの？　人でも殺した？」

「ええ」と言って、私は王を銀の下に逃がした。「殺しました」

「そっか」と教授は頷《うなず》いて、金を張った。「殺したか」

「ええ、まあ」

私は王を隣に逃がした。教授が飛車を張った。銀で取った。もう駒は残っていなかった。

「詰まないな」と教授が言った。

「詰みませんね」と私も言った。

教授の指した手に間違いがあるようには私にも見受けられなかった。

「面白いね、将棋ってのは」

本で正解を確認しながら教授は言った。

「始まりはみんな同じ形なのに、終わりの形は全部違う」

「まるで人生みたいだとか言わないでくださいよ」

「あ、駄目？」

「似合いません」

「でも、そうだろう？」

「そうですね」

正解を見ながら、教授が駒を動かした。今度は王が詰んだ。どこで間違えたのだろう、と私は思った。私はどこで間違えたのだろう。十二年前。あそこから間違っていたのだろうか。十二年前に私は死ぬべきだった。だとするなら、今、ここにいる私は何なのだろう？　生き延びた私の十二年間とは何だったのだろう？

「コーヒーでも買ってきます」

「あ、僕が行こうか？」

「いいですよ。お忙しそうです。コーヒーでいいですよね」

「うん。長い缶の甘いやつね」

新しい問題を並べ始めた教授を置いて、私は研究室を出た。ドアを後ろ手に閉めて、閉めたドアに寄りかかった。息が苦しかった。赦《ゆる》す、と、嘘でもいい。誰かにそう言って欲しかった。せめて、それに見合う罰がどんなものなのかを教えて欲しかった。罰とは人を赦すために生まれたのだと思った。仮にそれが死を科するものであったとしても。笑ってしまう。自分の命のために犯した罪への赦しを、自分の命を代償にしても私は欲しがっている。

私は、卑怯《ひきよう》者だ。

私と吉本は、吉本の会社が終わったあと、その近くにあるファミリーレストランで待ち合わせた。午後七時過ぎ。場所柄なのか、ファミリーレストランのくせに家族連れは見当たらなかった。私と吉本が座った喫煙席のエリアには、会社帰りと思《おぼ》しきサラリーマンやOLが専ら一人で食事を取っていた。

「退学ですか」

注文を終えると、おしぼりで両手をぬぐいながら吉本は呟いた。

「これ以上、社会と接触を持たないほうがいいと考えたんでしょうね。あと二ヶ月の我慢ですから、家に閉じこもってじっとやり過ごすつもりでしょう」

私にはどう考えたって妄想にしか思えないが、吉本の頭の中で、それは事実としての地位を与えられているらしかった。

「本来ならば」

　漏れそうになったため息を我慢して、私は言った。

「大学を辞めた以上、私はもう結城とは何の関係もないですし、あなたとは最初から何の関係もないです。だから、結城が誰かを殺していようと、あなたの妄想がどこへ行き着こうと、本当は放っておきたいです。ただ、そういうわけにはいかなくなりました」

　吉本が問いかけるように私を見た。

「約束したんです。立川明美と。女との約束は守ることにしているんです。自分でも損な性格だと思いますけど」

「男との約束は？」

　吉本がからかうように聞いた。

「男とは最初から約束なんかしません」

「賢明ですね」

　吉本のビーフカレーと私のアイスミルクティーが同時に運ばれてきた。

「とにかく」と私はグラスにストローをさして言った。「私も腹をくくって、首を突っ込みます。だから、全部、話してください」

「全部？」

「あなたが隠していること、全部です」

「何を……」

誤魔化そうとするように吉本が笑った。

「あなたは」と私は吉本の笑顔を無視して言った。「偶然、東京で結城に会い、結城のお姉さんに会いに行ったが、会えなかった。そこまではいいとしましょう。だけど、会いたくないと言われれば、普通、それで諦《あきら》めませんか？　普通、近所の人に話を聞いて回ったりしますか？　ましてや、休みを取って、結城の親戚《しんせき》を訪ねたりしますか？　普通じゃないです。その普通じゃないことをあなたはした。なぜか。あなたが最初から結城を疑っていたからです。状況が疑問を生んだんじゃない。最初からあった疑問を状況が裏付けただけです。違いますか？」

吉本は一瞬、虚をつかれたように私を見つめ、それから今度は諦めたように笑った。

「本気を出すと怖いんですね」

「まだ本気は出してません」

「食べながらで？」

「どうぞ」

吉本はスプーンを取り上げた。

「隠したわけじゃないんです。ただ、これは信じられないような話だから、かえってあなたを混乱させるんじゃないかと思ったんです」

「遺産を独り占めするために姉を殺して、それを隠すために女装までした男よりも信じられない話ですか？」と私は言った。「ますます聞きたいですね」

一口だけカレーを口に運んだあと、それに興味をなくしたように吉本はスプーンを置いた。

「僕がいた町の話はしましたね」

「東北の小さな名もない集落」

「その小さな集落で、ツトムはちょっとした有名人でした」

「有名人？」

「ええ」

男は頷き、心から鬱陶《うっとう》しそうにぼそりと言った。

「予知能力者として」

「予知能力者？」

日常、あまり耳にすることのない語感に、私は思わず笑いながら聞き返した。

「何の話です？」

吉本は取り合わなかった。私の反応などなかったかのように同じペースで続けた。

「僕が高校に上がってすぐだから、ツトムがまだ小学生のときです。ツトムは突然、未来を予知するようになりました。それも、今年の夏は冷夏になるとか、来年の春に景気が悪くなるとか、そんな曖昧《あいまい》な話じゃありません。明日《あした》、親戚のおじさんが階段から落ちて骨折するとか、来週、隣のおばさんが食中《あた》りで入院するとか、近所の犬が散歩中に車に轢《ひ》かれて死ぬとか、そういう、具体的な事件です。それが見事なまでによく当たったんです。不思議なこともあるものだと、最初は面白がられました。けれど、じきに町の人も笑えなくなりました。偶然と笑い飛ばすには、ツトムの予知は当たり過ぎたんです。狭い田舎町のことです。ツトムの噂はあっという間に広がりました。ツトムが町を歩けば、みんなが遠巻きになって噂をしました。あれが結城さんとこの超能力者だって。東京からテレビ局が取材にきたって話も聞きました。ご両親が必死になって追い返したらしいですけど。そんなこともあったからでしょう。ツトムは始めたときと同じくらい突然、予知をやめました。それが」

吉本は喋《しゃべ》る順番を整理するように言い澱《よど》み、それから言葉を継いだ。

「二人のご両親が飛行機事故で死んだという話はしましたね」

「ええ」

「予知をやめてからだいぶ経っていましたから、ツトムのことは忘れられていました。けれど僕は覚えていた。だから不思議に思いました。あれほどまでに正確に未来を予知していたツトムが、なぜその飛行機事故を予知できなかったのか。だって、そうでしょう? ツトムに予知能力があるのなら、その飛行機事故を予知できたはずです。だったら、その飛行機に乗らないよう、ご両親を止めることができたはずなんです。あのころ、あれほどまで見事に未来を言い当て続けたツトムが、なぜ、両親の事故死を止められなかったのか。考えられることは三つしかありませんでした」

吉本は鬱陶しそうに言って、指を一本立てた。

「一つ。ツトムには予知能力などなかった。ツトムの予知が当たったように見えたのは、何億分の一かのものすごい偶然でしかなかった。二つ。ツトムには予知能力があったが、それは限定された力でしかなかった。ツトム自身、予知の対象を選ぶことはできなかった。だから、ツトムは飛行機事故を予知できなかったし、ご両親を止めることもできなかった。三つ」

三本目の指を立てた吉本は、それを口にすることすら忌まわしいとでもいうように、そっとため息で誤魔化すようにしながら言った。

「ツトムには予知能力があった。そして、ツトムは飛行機事故を正確に予知した。にもかかわらず、ツトムはご両親を止めなかった」

笑い飛ばそうとした。吉本は決められた時間の流れについて話していた。その流れの先を見通せる男について話していた。馬鹿馬鹿しかった。けれど、私は笑い飛ばせなかった。それを信じたがっている私がいた。それが、決められたものだったと誰かが言ってくれたのなら……

決められていた？

妹が笑った。

そうかもね。でも……

そう。仮にそうだったとしても、私はそれを捻《ね》じ曲げたのだ。

「大丈夫ですか？」

気づくと、吉本が私の顔を覗《のぞ》き込んでいた。

「大丈夫です」と私は言った。「あまりに馬鹿馬鹿しい話を聞いて、少し頭痛がしただけです」

吉本は寂しそうに笑った。

「続けていいですか？　その馬鹿馬鹿しい話」

「どうぞ」と私は言った。「どうせ暇ですから」

「おっしゃる通り、僕は最初からツトムを疑っていました。偶然、ツトムを見かけたのは本当です。でも、声はかけませんでした。黙ってツトムのあとをつけ、家を突き止め、近所に話を聞いて回りました。そこから辿《たど》りついた結論です。他人とは違う力を持った子供が、いったい何を感じ、どんな大人になっていくのか、僕には想像がつきません。けれど、両親の死を止めなかったツトムに、人並みの良心を期待するのは無理でしょう。ツトムは、何か、陽子さんを死に追いやれる何かを予知した。次のチャンスがいつくるかわからない。自分が成人するまで待てなかったのは、そういうことだと思います。焦ってもいたんでしょう。すでに成人している陽子さんは自分の分の財産を自由に処分できるんですから」

そこにあったことを思い出したように、吉本はまたカレーを食べ始めた。私は黙って皿から消えていくカレーを眺めていた。

吉本がここでカレーを食べることも、私がここでアイスミルクティーを飲むことも、決まっていたことなのだろうか。ストローをくわえながら、そんなことを考えた。無限に広がる未来は、ただ、そう見えるというだけのことに過ぎない。現在は常に一つでしかあり得ない。偶然も必然も、そこに意思があるからそれと決められることで、そう思えば思うほど、私の意思は自分が思うよりも曖昧なものに感じられてしまう。

「どこへ？」

突然、立ち上がった私に吉本が怪訝《けげん》そうな目を向けた。

「帰りたくなったから帰ります。これも、たぶんそう決まっていたんでしょう」

吉本の顔を見ずに、私は店を出た。

電話をするまでに、三度、思い直した。一度目は受話器を取ってすぐに、二度目と三度目は市内局番を押したあとに、私は受話器を戻していた。四度目は何も考えないようにした。暗号錠を外すように、私は名簿にある数字の順に電話のボタンを押した。かちゃり、と錠が外れた。

「突然で悪いけど、会いたいんだ。どうしても聞きたいことがある。家に行くなんて言わない。どこでなら会ってくれる？」

私は名乗りもせずに一息に言った。返事はなかった。

「頼むよ」と私は言った。「頼む」

結城は答えなかった。イエスと言うまで、いつまでだって待つつもりだった。電話線から聞こえる小さな音は時計の秒針が動く音だと気づいた。コッ、コッ、コッ。それは決められた道筋をただ歩き続けるだけの足音にも聞こえた。

「明日《あした》、大学で」

長い沈黙をようやく結城が破った。

「どうせ行かなきゃいけないんです。学生課に呼び出されているんです。本当に退学でいいのか、本人の意思を確認したいそうです」

「グラウンドで？」

「わかりました」

電話を切って、ぬるい風呂《ふろ》に入った。湯船に浸《つ》かったまま、きつく目を閉じて、ざぶりと顔を洗った。二度、三度と続けた。

あの子を助けて。

あのとき、朦朧《もうろう》とした私の意識を現実につなぎとめたのは母の絶叫だった。私は闇の中にいた。強い衝撃が体中に残っていた。母に助けを求めて、声のしたほうへと首を回した。光があった。その光で私の横に伸びている足が見えた。履いている靴で、妹の足だとわかった。何かが邪魔していて、足しか見えなかった。私にもようやく事態が飲み込めてきた。私たち家族四人の乗った車が事故を起こしたのだ。車が横転した。横転した車に私たちは閉じ込められているのだ。私は妹の足の先にある光のほうへ体を動かそうとした。動かなかった。助けを求めようとした。お母さん。叫んだつもりなのに、声が出なかった。

早く助けて。あの子を、お願い。

再び母の絶叫が聞こえた。光の中から地面に腹ばうようにして男の顔が覗いた。知らない男だった。闇を覗き込んだ男が後ろを振り向いて叫んだ。

本当だ。もう一人いるぞ。

もう一人？　と私は思った。

男が確認したのは、手前にいる妹だろう。じゃあ、私は？

男の手が伸びてきた。妹の足に触れそうになった。届かなかったからだろう。男は顔をそむけるようにして、肩まで車内に入れた。闇を探るその手が特別なものに見えた。それを逃したら、私は死ぬのだと思った。それが最後のチャンスなのだと思った。妹のことは考えなかった。私は力の限り腕を伸ばした。男の手が妹の足に触れる寸前、私の腕がそこに割り込んだ。男の手が私の腕をつかんだ。

捕まえたぞ。

男の声が聞こえた。私は強い力で闇から引っ張り出された。

私を光の中に引っ張り出した男は、私を抱きかかえて、少し離れた場所に座らされていた母のもとへと連れていった。歩けないようだった。母は右の足へ体重をかけないようにして座っていた。父はその脇に横たわっていた。目を閉じたまま、ぴくりとも動かなかった。道の真ん中に横転した車があった。通りかかった車から降りた人たちが、父と母と私とを助け出してくれたようだった。救急車はまだなのか。苛立《いらだ》った声が聞かれた。煙が出てる。もう危ないぞ。誰かがそう叫んだ。私は母にしがみついた。その途端だった。背後で大きな爆発音がした。振り返った私の前で、さっきまで私のいた場所が燃えていた。爆発の衝撃で飛ばされたのだろう。赤い靴が、妹の赤い靴が、燃える車の脇に転がっていた。私は前より強く母にしがみついた。しゅうと母が息を吸った。今度は意味のない母の絶叫が、長い長い母の絶叫が私の耳を打った。

髪を乾かし、ベッドに入った。風呂から上がったばかりだというのに、体がやけに冷えていた。そのことに私は満足した。いつもよりは少しだけ、長く眠れそうだった。

グラウンドを見下ろすアスファルトの階段席に結城はぽつんと腰かけていた。ただ一週間ばかり会わなかっただけの結城の後ろ姿が、なぜか無性に懐かしかった。グラウンドでは、ラグビー部が練習をしていた。土と汗にまみれて、彼らは楽しそうだった。同世代の彼らの姿が、私にはひどく遠い、現実感のないものに思えた。ずっと私はその世界に属していると思っていた。思い込ませようとしていた。けれど、やはりそこは私の住む世界ではないのだ。私にはそこに住む資格はないのだ。私はテレビを眺めるように、彼らを眺めた。そして同じように彼らを眺めている結城の隣に腰を下ろした。

「よお」

私が言うと、結城は軽く頭を下げた。

「最近、頭のおかしい男に付きまとわれて困ってる」と私は言った。「そいつが言うには、お前は未来を見通せるそうだ」

結城は薄く笑った。

「そうですか」

「そいつは他にも色々言ってたけど、そんなのはどうでもいいんだ。ただ、お前に未来がわかるのなら、一つ教えてもらいたいことがある」

グラウンドを眺める結城の横顔に私は言った。

「私は、いつ死ねるんだ？」

痛みでも感じたように結城の頬が小さく歪《ゆが》んだ。

「死にたいんですか？」

「死にたかないよ。いつ死ねるかって、聞いただけだ」

「仮にそれがわかって、それで、どうするんです？」

「報告したいんだ。私はあと何年で死ぬそうですってな」

「誰に？」

「妹に」

「どうして？」

「さあな。許して欲しいからかな」

結城は無言でグラウンドを眺めていた。私もそうした。ずいぶん長い間、私たちはそうしてグラウンドを見下ろしていた。日が傾き始めた。背後の道を授業が終わったらしい学生たちが何人も、何十人も通り過ぎていった。最後にグラウンドをみんなで何周かして、ラグビー部の練習が終わった。

一年生と思《おぼ》しきラグビー部員が道具を片付けて、グラウンドから去るまで、結城は口を開かなかった。

「僕には」

最後の一人がグラウンドから消えると、ようやく結城は口を開いた。

「予知能力なんてありませんよ」

口を開きかけた私より先に、結城は言葉を継いだ。

「小さいころ、僕がそう言われていたのは本当です。でも僕には予知能力なんてなかった。そのころもなかったし、今もないです」

「でも、言い当てたんだろ？　怪我をするとか、食中《あた》りとか、犬が死ぬとか、色々」

「ええ。でも、それは僕に予知能力があったからじゃない」

「じゃあ……」

「姉なんです」

「お姉さん？」

結城は両肘《りょうひじ》を膝《ひざ》に乗せるようにして、体重を前に移した。私に横顔を見られるのを嫌ったようだった。私は斜め後ろから結城の背中を見つめた。夕日が結城の肩の向こうにあった。遠くから聞こえていた学生たちの声が不意に途切れ、私は時間が止まったような錯覚を覚えた。

「小さいころからずっと、姉はおそろしく静かな人でした。僕はもちろん、たぶん、僕の両親ですら、姉が何を考えているのかなんてわからなかったでしょう。駄々をこねることもなければ、かんしゃくを起こすこともない。ただそこにいて、ひっそりと微笑んでいるだけの子供でした。顔も小さいころからやけに整っていましたから、周囲の人にはやたらと可愛がられました。何をしても、何を言っても、ただ静かに微笑んでいる。弟の僕の目から見ても、それは純真そうな、愛らしい笑顔でした」

「そりゃ可愛がられるだろうな」

その対極にあった自分の少女時代を思い出して私は言った。自分でもそれとわかるくらいに、私は頑固で可愛げのない子供だった。

「ええ」と結城は私に背中を見せたまま言った。「でも、不自然です。わがままで、怒りっぽくて、傲慢《ごうまん》で、だからこその子供でしょう？」

「慰められるよ」と私は言った。

結城がちらりと私を振り返った。

「私は正反対だったから」と私は笑った。

「それ、ちょっと想像がつきます」

結城も少しだけ笑った。

「だから、僕にとっての姉は、よくわからない存在でした。別に嫌いだったわけじゃありません。ただ、姉を姉として慕う感情なんかはまったくありませんでした。親にとっても、それは同じだったと思います。周囲から娘を褒められれば悪い気はしなかったでしょう。ちょっとやってきて、二時間膝の上に乗っけて可愛がるには、姉はたまらなく可愛い子供だった。けれど、それでは親として、どう娘に接すればいいものか。子供のころの目ですから確かではないですけど、僕の親にもわからなかったようでした。ただ微笑んで、決して感情を揺らすことのない姉に、親のほうが大した理由もなくかんしゃくを起こした場面を何度か見たことがあります。それでも姉はただ従順そうに微笑んでいる。最後に謝るのはいつだって親のほうでした」

負の感情を向けられれば、誰だって相応の負の感情で対抗しようとする。怒りには怒りを。悪意には悪意を。それができないとどうなるのだろうか。合理化できる大人ならいい。けれど、合理化できない子供は？　抑え込まれた負の感情は、その子供の中で溜《た》まっていってしまうのではないだろうか。天井から漏れた雨を受けるバケツのように。

「ちょっと」と私は言った。「異常だな」

「話で聞くとそうなんでしょうね」と結城は言った。「でも実際の場面を見ると、かなり異常ですよ。年端もいかない子供に、親のほうがしゅんとなって謝っているんですから。それをただ微笑むことで子供が許しているんですから」

湿っぽい風が吹いて、柔らかそうな結城の髪を揺らした。不意にその髪に触れてみたくなった。

「姉は絵を描《か》くのが好きでした。ただ姉の描く絵は誰にも理解できませんでした。いくら子供が描いた絵だからって、普通は何を描いたかくらい想像はできるでしょう？　犬か猫かよくわからないけど、これは四足動物を描いたものなんだろう、とか、桜か柳かはわからないけど、これは木を描いたものなんだろう、とか。でも姉の絵は、そんな想像すらも許さなかった。そこには形がないんです。ただ色彩だけがある。紙の真ん中に赤がぐしゃっと塗られていて、その上に黒が塗られていて、黒の中に黄色がある、みたいな、そんな絵です。周囲は、きっと将来すごい絵描きになる、とか笑っていました。けれど、僕には笑えませんでした。そんな誰にもわからない絵を、何時間も、ときには何日もかけて一心に描いている姉の姿は、不気味ですらありました」

強くなった風が雲を連れてきた。風に乱れた髪を気にする風もなく、結城は後ろに手をついて話を続けた。

「けれど、ある日、突然です。何の理由もなく、僕は姉の絵を理解できるようになったんです。姉が小学校六年生で、僕が四年生のときです。姉の描いた絵を見て、僕は突然にその意味を理解しました。紙の真ん中を走るジグザグの黒い線を指して、学校、と僕が聞くと、姉が頷《うなず》きました。その上に塗られた赤を指して、火、と聞くと姉はまた頷きました。火事になった学校、と僕が言うと、姉はにっこりとしました。僕らの通う小学校が火事になったのは、その週末のことでした」

「予知をできたのは」と私は言った。「お姉さんだったのか」

私の呟《つぶや》きが耳に入らなかったように結城は続けた。

「それからは楽しかったですよ。姉が描く絵は未来だ。そしてそれを理解できるのは僕しかいない。僕は自分が特別な存在になったみたいに感じました。姉の描く未来を得意になって吹聴《ふいちょう》して回りました。僕が手柄を独り占めしても、姉はちっとも嫌がる様子はありませんでした。姉は次々に未来を描き、僕はそれを片っ端から予知して回り、それらはことごとく当たりました。町でも噂になり、僕は両親から予知をすることをきつく禁じられました。さすがに大ごとになり過ぎたので、僕も未来を吹聴して回るのをやめました。けれど、姉は絵を描き続けましたし、僕はそれを見続けました」

後ろについていた手が冷えたのかもしれない。結城は両手を組むように口の前に持っていくと、そこに息を吹きかけた。

「姉が中学に上がってすぐのときでした。両親は出かけていました。僕が学校から帰ってくると、姉の部屋からすすり泣きが聞こえてきました。その日、姉は風邪をひいて学校を休んでいたんです。すすり泣きに、僕は姉の部屋に行きました。ベッドにうつぶせになって、枕を顔に押しつけて、姉が泣いてました。姉が泣く姿なんて見たことがなかったので、驚きました。どうしたのって聞くと、姉はしばらくじっと僕を見つめて、それからいきなり服を脱ぎ出しました。小学生といったところで、性のタブーみたいなものは十分に感じている年ですからね。僕は慌てました。でも、動けなかった。服を脱いだ姉は僕の頭を抱え込むようにして、自分の脇腹と付け根に近い太ももとを僕に見せました。そこには歯形が残っていたんです。医者にやられた。そう呟いた姉の声は、さっきまで泣いていた人のものとは思えませんでした。僕は思わず顔を上げました。姉が笑っていました。その笑顔はいつもの姉の笑顔ではありませんでした。僕は」

結城は言って、首を振った。

「子供心に僕は納得したんですよ。ああ、って。いつも奇麗な笑顔を見せている、その残りの汚い部分は、こういう風に一遍に吐き出していたのかって。そういう笑顔だったんです。僕は姉の部屋から逃げ出し、そのことは両親にも話しませんでした。姉が新しい絵を描き始めたのは、その日のことでした」

結城は肘を膝についたまま、両手を首の後ろで組んだ。そのまま地面に向かって呟くように言葉を続けた。

「絵は三日後にできあがりました。学校から帰った僕を姉は自分の部屋に呼びつけて、その絵を見せました。大きな黒が真ん中にあって、その脇に中くらいの黒と小さい黒が一つずつ。その二つの黒を赤がつないでいる絵でした。僕はその絵を理解しました。真ん中の大きな黒がトラック。その脇の中くらいの黒が人間の体。残りの小さな黒とそれをつなぐ赤は」

結城は淡々と続けた。

「人間の首と血」

放送系のサークルだろう。校舎のほうからあ行をランダムに読み上げる学生たちの声が聞こえた。あ、え、い、う、え、お、あ、え……その何十人もの声に吸い込まれるように私の周りの現実感が希薄になっていった。

「町でたった一人の医者が交通事故で死んだのは、その次の日のことでした。医者はトラックに轢《ひ》かれ、タイヤに巻きこまれた首は胴体からちぎれていたそうです」

結城は顔を上げた。私のほうは見ずに誰もいないグラウンドを眺めた。

「そのときになって、僕は初めて気づいたんです。火事になったのは姉の嫌いな運動会があった日ではなかったか。食中毒になった隣のおばさんは、家にやってきたときに間違えて熱いお茶を姉の膝《ひざ》にこぼしてしまったのではなかったか。事故にあったおじさんは、姉の体を必要以上にさわっていたんじゃなかったか。その家を通りかかったときに門越しに勢いよく吠《ほ》えついてきた犬に驚いて、姉は転んだのではなかったか。姉の描く絵は、未来を予知したものではなく、こうなって欲しいという姉の願望を描いたものではなかったか」

「望む未来を作る力?」と私は言った。「馬鹿げてる」

「ええ。馬鹿げています。けれど、僕はそう信じました。直感としてわかったといってもいい。怖くなった僕は、親にそれを告げました。僕が予知していた未来は、姉の絵に描かれたものだったこと。そして姉の絵は、姉の暗い願望を塗りたくったものだということ。もちろん、親も信じませんでした。ただ、親も姉の描く絵をどこか気味悪く感じていたのでしょう。姉に絵を描くことを禁じました。姉は抵抗しました。姉が親に抵抗したのは、それが初めてでした。初めて抵抗されて、親も依怙地《いこじ》になったのかもしれません。姉から絵の道具を、画用紙もクレヨンも絵の具も、すべて取り上げました。それっきり、姉は絵を描くことをやめました。それが」

結城は一度、固く唇を結んだ。視線をグラウンドよりも遠くへ遣《や》り、続けた。

「僕が中学一年ですから、姉が三年のときです。両親が死にました。飛行機事故でした。その電話を受けた僕は、ふらふらと姉の部屋に行きました。どうしていいのか、何を考えればいいのかもわかりませんでした。姉は机に向かって座っていました。僕は姉の背中に電話があったことを告げました。そう、とだけ言って、姉は振り返りもしませんでした。二人とも死んじゃったんだよ。そう叫ぶように言って、僕は姉に近づきました。姉の肩越しに机の上が見えました。学校で使っているノートが広げられていました。そこに鉛筆で絵が描いてありました。黒が『く』の字に折れたような絵でした。僕はその意味を理解したんです」

結城は呟いた。

「胴体の折れた飛行機だと」

知らずに止めていた呼吸に、息が苦しくなった。

「姉が僕を振り返り、微笑みました。それはいつもの通りの、完璧《かんぺき》な笑顔でした。姉はその笑顔のまま言いました」

もう裏切っちゃ駄目よ。

呟いた結城の言葉に、鳥肌が立った。

「僕は姉に屈服しました。それからは、姉の機嫌が損なわれることがないよう、姉が誰かに悪意を向けることがないよう、僕はいつもビクビクしながら暮らしていました。姉はてんで赤ん坊と一緒です。何に対して悪意を向けるのか、その強さがどの程度のものなのか、まったく予測がつきません。幸い、僕らを引き取ってくれた叔父《おじ》さん夫婦は気のいい人たちでした。だから、僕も少しは安心できました。少なくとも、姉もこの人たちに悪意を向けることはないだろう。そう思っていました。それが」

「遺産に手を出した」と私は言った。

結城が少し驚いたように私を振り返った。

「聞いたよ。吉本から」

「そうですか」

深くは聞かず、結城は頷いた。

「僕は慌てました。ことがわかるとすぐ、姉が叔父に悪意を向けるその前に、姉を説得して二人で東京に出てきました。それからはなるべく姉に世間と関わらせまいと、それだけを気をつけて暮らしてきました。掃除も、洗濯も、料理も、買い物も、生きていくのに必要なことはすべて僕がやりました。奴隷みたいな生活でしたよ。わずかに大学にきている時間だけ、僕は自分が一人の人間であることを確認できました。でも、甘かったですね。姉だけでなく、僕も世間と関わるべきではなかったんです。だから、あんなこと」

「あんなこと？」

「久しぶりに絵を描いたの。あの日、僕が家に戻ると、姉が笑ってそう言いました。体が強張《こわば》って、震え出しました。その震えをどうすることもできませんでした。そんな僕を楽しそうに眺めて、姉は一枚の絵を差し出しました。僕はその絵を理解しました。女性が車に轢かれていました。誰、と僕は聞きました。ツトムの留守に訪ねてきたの。最近の女の子は大胆ね。これ、ラブレター。渡して欲しいって。姉は歌うように言って、僕に手紙を差し出しました。立川さんからでした。立川さんの事故を知ったのは、そのすぐあとでした」

「嫉妬《しっと》したから？」と私は言った。「弟にラブレターを出した、それだけで？」

「嫉妬は嫉妬でも、理由は少し違うでしょうね。立川さんは姉とは正反対の人です。無邪気で、素直で、とても、そう、人間的です。北風が太陽に嫉妬するように、姉は立川さんを妬《ねた》んだのでしょう」

「ああ」と私は頷《うなず》いた。

　私にはその妬みが理解できた。理解できてしまった。理解できる自分が、堪《たま》らなく嫌だった。

「姉は立川さんを一目見て、それを悟ったんだと思います。普段なら姉が来客に応じることなんてないんです。呼び鈴に、自分の部屋のカーテンの隙間から玄関先を、そこにいる立川さんを見下ろした姉の顔を僕は簡単に想像できますよ。姉はたぶんあのときみたいに笑っていたと思います。あのときみたいに、溜《た》め込んだ悪意を一度に吐き捨てたような笑顔で。僕には姉がそれ以上の悪意を立川さんに向けることのないようにすることしかできませんでした。見舞いになんて行って、それが姉に知れたら、今度は殺されるかもしれない」

結城は両手で互いの腕を強くつかんだ。その肩を抱き締めたくなった。それは感情ではない。衝動だった。手を伸ばしかけ、けれど私はためらった。私がためらっている間に時間切れを告げるようなベルが校舎から聞こえてきた。その音の行方を見極めようとするかのように結城が虚空へ目を遣った。

「そう。僕の考えが甘かったんです。大学は辞めます」

結城が呟《つぶや》いた。

「辞めて、どうするんだ?」

「同じですよ。今までも、これからも。姉の気分を損なうことのないように気をつけながら暮らすだけです」

「お前は、大丈夫なのか?　お前自身がお姉さんに悪意を向けられることはないのか?」

「姉は赤ん坊です。自分では何もできません。僕という社会と自分をつなぐリングを失ったら、姉は生きていけない。多少の腹を立てたぐらいでは僕をどうこうはできないですよ。それくらいは姉にもわかっているはずです」

結城の話が終わった。日は完全に暮れていた。あとはどちらかが立ち上がり、立ち去るだけだった。それを少しでも延ばしたくて、私は思いついたままに口を開いた。

「眠れないんだ」

結城が私のほうを見た。

「いつからだったかな。もう忘れるくらいずっと前から眠れなくなった。不眠症とは違う。傍《はた》から見るなら、ちゃんと眠ってるんだ。短い時間だけどな。ちゃんと眠ってる。眠っているようには見える。でも、それは眠っているんじゃないんだ」

「体の端から冷たくなる。その冷たさが段々真ん中に押し寄せてきて、体の全体が冷たくなる。その冷たさに体が活動を停止する。でも、それは眠っているんじゃない。体を休めているだけ。その証拠に夢も見ない。悪夢すら見ない」

「そう」と私は言った。「その通り」

「わかりますよ」と結城は微笑んだ。「僕もそうだから」

結局、私たちが分け合えるのは、互いが抱えた冷たさだけでしかなかった。もう私が語るべきことも、結城が語るべきことも残っていなかった。風がやんだ。その一瞬に結城が立ち上がった。階段を上りかけた結城の腕を私はつかんだ。結城が立ち止まり、振り返った。けれど、私には何もしてあげられなかった。闇の中から私を引っ張り出してくれた腕ほどには、私の腕は力強くはなかった。

「ありがとう」

結城は言って、そっと私の手を外した。

「何がだ?」と私は聞いた。

「大学、楽しかったです。先輩がいたからです」

「そんな風に言うなよ」

「そうでしたね」と結城は微笑んだ。「忘れてください」

そう言い残して、結城は行ってしまった。取り残された私は、子供のように膝《ひざ》を抱えた。光から突き出されていたのは、結城の腕のほうだったのかもしれないと思った。その腕を離してしまった今、私は闇の中に独りぼっちだった。


音も色もない一週間が過ぎようとしていた。いつまでも鳴りやまないベルに嫌気が差して、私はベッドにもぐりこんだまま手だけを伸ばし、受話器を取り上げた。

「やかましい」と私は問答無用に言った。

「あ、失礼」

吉本の声だった。

「まだ寝てましたか?」

理不尽に怒鳴りつけられた割には吉本の声は晴れやかだった。よほど天気でもいいのだろうかとあいていた手でカーテンを開いた。梅雨らしい、どんよりした雲が空を覆っていた。

「何時です？」

私は聞いた。

「八時です。ごめんなさい。早くに」

「八時」と私は言った。「いつの？」

「は？」

「今日は何曜日ですか？」

「水曜日ですけど」

結城と会ったのが、木曜日。ほぼ一週間が経ったわけだ。その間、自分がどうして暮らしていたのか、私はほとんど記憶していなかった。体にさしたる変調を感じない以上、ちゃんと食べて、それなりに寝て、気が向けばトイレにも行っていたのだろう。体は薄情だな、とぼんやりそう思った。

「今朝の新聞を見ましてね。いてもたってもいられなくなって電話したんです。見ましたか？　今朝の新聞。地方面です」

「いえ」と私は言った。

「天罰が下りましたよ」

「天罰？」

「ツトムです。結城ツトム」

私はベッドから体を起こした。

「結城が、どうしたんです？」

「事故だそうです。家の近所で車にはねられたそうです。詳しくは載っていないんですけど、重体だそうです」

また事故か、と私は思った。結城の両親も事故。立川明美も事故。妹も事故。けれど、結城の両親と立川明美との事故には結城の姉の意思が働き、妹の事故には私の意思が働いた。結城の事故に働いたのは、たぶん結城自身の意思だろう。

「吉本さん」と私はため息をつきながら言った。「それは事故じゃない。自殺です」

「自殺？」

僕という社会と自分をつなぐリングを失ったら、姉は生きていけない。

結城の言葉がよみがえった。

「ついでにいうなら、無理心中ですよ」

「無理心中って、だって、ツトムは一人で……」

私は受話器を置いた。やっぱりあの腕は離しちゃいけなかったのだと、どんよりした空を見上げて、そう思った。

「結城、お前、ずるいな」

私は思わず呟いた。巡らせた視線はカレンダーの上で止まった。明日で丸十二年だった。妹が死んで、十二年。

もし十二年前に戻れたとしたら、と私は思った。もし十二年前に戻れたとしたら、私はどうするのだろう？　どちらか一つの命しか救うことを許さないその腕に、どちらの命を委《ゆだ》ねるだろう？　妹？　それともやっぱり自分自身？

わからなかった。ただはっきりしているのは、決して十二年前に戻れることなどないというそのことだけだった。

私はベッドから抜け出した。今日の夜行バスで帰ろう。そう思った。小さな旅行カバンに荷物を詰め込んだ。それから今朝の新聞を取りに玄関へ行った。


報じられた事故の住所を管轄する警察署に問い合わせると、意外にあっさりと怪我人が運ばれた病院を教えてくれた。駅を出て、ずいぶん長い間、国道沿いを歩かされた。真新しい、大きな病院だった。入り口の案内図を見て、外科の入院患者がいる五階へと上がった。蛍光灯に白く照らし出された広い廊下を歩きながら、病室の入り口の脇に出ている患者の名札を見て回った。これだけの規模の病院なら患者もスタッフも大勢いるはずだったが、廊下は奇妙なほどにシンとしていた。誰ともすれ違わなかった。私の靴底が立てるキュッキュッという音が廊下に反響した。結城の名前は、一番突き当たりの部屋にあった。私はドアをノックした。返事はなかった。勝手にドアを開け、中に入った。

部屋は薄暗かった。明かりはついていなかった。天気さえよければ、その大きな窓から眩《まぶ》しいほどに光が入るのかもしれない。けれど、今、窓からは、空を覆った分厚い雲が見えるだけだった。冷房でも入っているのか、部屋は少し肌寒くて、乾いていた。三人部屋らしいが、手前の二つのベッドは空いていた。ずっと空いているのかもしれないし、誰かが退院したあとなのかもしれない。もちろん、どちらだってあり得た。けれど、二つのベッドの上で丁寧に畳まれたシーツは、もっと悪い結末を象徴しているように感じられた。

私は一番奥のベッドを覆っていたカーテンを静かに開けた。結城が眠っていた。鼻と腕から何本か管が伸びていた。私は持っていた旅行カバンを下ろすと、ベッドの脇の椅子に座った。気配に結城が目を開けた。結城は、私を認めると、一瞬、驚いた顔をして、それから悲しそうに目を細めた。

「どうして？」

声はほとんど聞き取れなかった。乾いた唇がそう動いた。

「事故にあって死にかけてるって聞いたからな。とどめを刺しにきた」

結城はかなり無理をして、ちょっとだけ笑った。その仕草さえ苦しそうだった。私は近くにあった水差しを取り、結城の唇を潤した。

「それにしても中途半端だよな、車に飛び込むなんて。新幹線に飛び込むとか、都庁から飛び降りるとか、確実なのが他に色々あっただろ？」

「ええ。でも、痛そうだったんです」

結城が言い、私は笑った。その笑い声に我に返ったように、結城は動かない首を必死に私のほうへ捻《ねじ》り、声を絞り出した。

「姉がきています。もうじき、戻ってきます。早く帰ってください」

「せっかくきたのに、早く帰れはないだろう。もう少しいる」

結城は何かを言いかけたが、それが無駄とわかったのか、口をつぐんだ。それから、長い会話に疲れたようにぐったりと目を閉じた。私は結城の腕に触れた。結城の腕は驚くほど冷たかった。私はほとんど反射的に立ち上がり、結城の頬に自分の頬を当てた。結城はいったん目を開けたが、何も言わず、また瞼《まぶた》を下ろした。

時間が静かに流れた。流れる時間を私は肌に感じた。ただ事実を積み重ねるためだけに時は流れる。積み重ねられた事実は時の中に溶け込み、絡み合う。それを因果と呼びたければ呼べばいいし、運命と名づけるならそれもいい。私は生まれ、生き延び、今、ここにいる。ここから先の時の中に自分の力では選び得ないものが溢《あふ》れているとしても、私はその時に向かって昂然《こうぜん》と胸を張っていたい。

二人の呼吸する音しか聞こえなかった病室に硬質の足音が近づいてきた。結城は全身を使って、何とか私を引き剝《は》がそうとした。

「お願いだから」

足音が病室の前で止まった。

「あなたまで巻き込みたくない」

結城は私の肩越しに目を遣《や》った。ドアの開く音がして、誰かが入ってきた。私は振り向かず、結城の顔だけを見ていた。

「爬虫類《はちゅうるい》がどうして卵を温めないか、お前、知ってるか？」

結城の視線が私の顔に戻った。

「自信がないんだよ。それまで自分が誰かを温めたことなんて一度だってなかったから、だから、一番大事な温めるべきものを前にして臆病《おくびょう》になるんだ」

「あら」

艶《あで》やかな声が背後で聞こえた。

「お友達？」

「でも一度くらい試してみたっていい。そうは思わないか？」

私は再び自分の頰を結城の頰に押し当てた。結城の頰が私の頰を冷やした。だったら私の頰は結城の頰を温めているのかもしれない。もしも結城を温《ぬく》もりの中で眠らせてやることができたとしたなら、私は私が生き残ったことに理由をつけられる気がした。そこに生まれた温もりの中で、自分も眠れそうな気がした。

「ツトム、紹介してよ」

背後の声が言った。声は喜びに弾んでいた。新しいおもちゃを見つけた子供のように。

私は口元にある結城の耳に囁《ささや》いた。

「今夜、実家に帰る。許してやらなきゃいけない人がいるんだ」

「妹さん？」

「私だよ」と私は笑った。「来週には戻ってくる。そしたら、また会いにくるよ。すぐにくる。待っててくれ」

私は頬を離して、結城と目を合わせた。結城はゆっくりと微笑みを浮かべ、頷《うなず》いてくれた。

背後から硬質な足音が近づいてきた。時を刻むような単調な足音だった。コツ、コツ、コツ。足音は私の横でぴたりと止まった。

「奇麗な方ね。恋人かしら」

声が耳元で言った。息が首筋にかかった。その冷たさに背筋が震えた。

「そうです」

震えを抑え込んで、私はその声に答えた。

「恋人です」

私はしっかりと目を開いたまま、結城の唇に自分の唇を合わせた。

シェード

電車を降りた途端、冷たい風が頰を刺し、僕はマフラーに顔を埋《うず》めるようにしながら自動改札を通り抜けた。彼女と付き合うことがなければ一生降りる機会などなかったかもしれない駅だったが、今ではもう、ATMや郵便局の場所も、サンドイッチがおいしいパン屋の場所も、気のいいおばちゃんがいる総菜屋の場所だって知っていた。

僕と同様、会社帰りと思《おぼ》しき人たちが改札から足早に出ていくその流れのままに、僕は駅前商店街へと足を向けた。目指すアンティークショップは、明るい街灯に照らされた小奇麗な商店街の中でぽつんと一軒だけ、ひどく古びたたたずまいを残している。そこにずっと前からプレゼントにしようと決めていたものがあるはずだった。が、店に入る前に何気なくショウウィンドウを見遣《や》り、僕は足を止めた。目当てのものがそこから消えていたからだ。急に立ち止まった僕に、後ろから歩いてきた人がぶつかり、軽い舌打ちを残して追い抜いていった。すみません、と僕はそちらに小さく呟《つぶや》いた。振り返りもせず足早に歩き去った彼の手には、ケーキの箱と大きな紙袋があった。家では小さな子供でも待っているのかもしれない。紙袋の中身は、プレゼントとクラッカーとアルコール抜きのシャンペンとそれから円錐《えんすい》のとんがり帽子といったところだろうか。その家庭のクリスマスの情景を勝手に想像して、僕は思わず微笑んだ。そう思って見てみれば、商店街を足早に家へと向かう人たちの足取りは、いつもより少しだけ弾んでいるように思えた。その人たちの邪魔にならないよう、僕は歩道の端に寄り、もう一度ウィンドウの中を眺めた。彼女の住むマンションへの行き帰り、通りかかるたびに覗《のぞ》いていたショウウィンドウから、やっぱり目当てのものは姿を消していた。金細工に飾られた香炉も、銀製のティーセットも、木製の古びた地球儀もいつも通りの場所にあったけれど、目当てのランプシェードだけがそこからなくなっていた。知らない人からされた舌打ちを、今度は僕が僕自身に向けた。ためらっていたのは値段のせいだった。僕がせこかったのだ。そのランプシェードは、決して安い値段ではなかったけれど、生活を切り詰めなければ買えないというほどべらぼうな値段でもなかった。クリスマスなんていうきっかけを待たずに買っておくべきだった。いくら後悔したってもう遅い。

「中古家具は一期一会よ」

半年ほど前だ。彼女にそう言われたことを思い出した。僕らは旅行先で何の気もなく中古家具屋に立ち寄った。乗り継ぐ電車がくるまでにはまだ少しの時間があったからだ。駅を出てぶらぶらと歩き出すと、中古の家具を扱う小さなお店があった。時間潰《つぶ》しのつもりで僕らはふらりと中に入った。取り立てて何かを買う気もなかったのだが、手ごろな大きさのデスクを見つけて僕は足を止めた。その前にあった椅子に腰を下ろしてデスクの大きさを確かめていた僕に彼女がそう言ったのだ。

一期一会という古臭い言い回しに僕は少し笑い、そのデスクをもう一度眺め、値札を見て、さらにそこから僕の部屋まで運ぶ手間と費用とを考え合わせ、結局そのデスクを買わなかった。

「それほど気に入ったわけじゃないから」と僕は彼女に言った。「ちょっと書き物をするのにいいかなと思ったんだけど、また探せばもっといいのがありそうな気もする」

「ならいいけど」と彼女は言った。「本当にいいの？　電車ならもう一本遅らせてもいいわよ。中古家具に同じものは二つはないんだから」

「まあ、そうだね」と僕は言った。

「中古の女と同じで」と彼女は笑った。

彼女の言い方には少しだけ自嘲《じちょう》の響きがあるように思えた。半年前のそのときだって、もちろん僕らはもう子供ではなかった。僕は二十六歳。彼女は二十九歳。けれども彼女の言った「中古」という言葉には違う意味が含まれているように思えた。一瞬、むきになりかけた気持ちを抑えて、僕は笑い返した。

「中古の男だって同じさ」

かじかみ始めた手をコートのポケットに突っ込み、僕はランプシェードが置かれていた場所をもう一度眺めた。ガラス製のそのランプシェードは、透明なガラスの中に赤や黄色や紫や様々な色が閉じ込められ、頭上に円を頂いた二人の女性像が立体的にあしらわれていた。それに覆われていたブロンズの蠟燭《ろうそく》立ては、ランプシェードと対で作られたものではないと思う。一対となっていながらも、ランプシェードに比べれば、蠟燭立ては明らかに見劣りがした。その蠟燭立てが粗末だったというわけではない。それを覆うランプシェードがあまりに見事過ぎたのだ。ショウウィンドウの中では蠟燭がともされることはなかったけれど、それが灯りを包み込んだときの姿は、きっと幻想的なまでに美しかったろう。今、そこにはランプシェードがなくなった代わりに、石膏《せっこう》の置物が置かれていた。

まず間違いなく、と僕は思った。まず間違いなく、あのランプシェードは売れてしまったのだろう。いくら古びた店だからって、いくらこれまで出入りする客を見かけたことがなかったからって、そこが店であり、それが商品である以上、それが買われる可能性はゼロではない。それが他の誰かに買われてしまうことを想像もしなかった自分の愚かさを僕は笑うしかなかった。

僕は腕時計に目を落とした。七時過ぎを指していた。彼女のマンションを訪ねる約束の八時にはまだ少し時間があったが、都心に戻ってプレゼントを買い求める時間まではなさそうだった。もう一度舌打ちをしてから、あるいは場所を移しただけかもしれないという微《かす》かな期待に、僕はその店のドアを押した。この一年間、彼女の部屋への行き帰りに眺めていた店ではあったけれど、実際に中に入るのは初めてだった。

こぢんまりとした店だった。店の真ん中にぶら下がった裸電球が大してやる気もなさそうに狭い店内をぼんやりと照らしていた。時計。ライティングデスク。チェスト。小物入れ。陶器の置物。銀の燭台《しょくだい》。寄木細工の宝石箱。店内の様々なものが静寂を破った僕をとがめるように見ている気がした。ただ店の奥にあるレジカウンターの向こうに座った老婆だけが、入っていった僕には気づかぬ風でアンティーク調のカップに口をつけていた。動いているのは老婆だけなのに、店の中で命がないのはその老婆だけのようにも見えた。狭い店を暖めるには、老婆の脇にある小さな石油ストーブで十分のようだった。ほどよい暖かさに、僕は周りにある商品に引っ掛けないよう気をつけながらコートを脱いだ。

「あの」

コートを腕にかけて、僕は声を上げた。隣に立っている鉄の甲冑《かっちゅう》が応じるような気もしたけれど、もちろん声に目を向けたのは老婆のほうだった。老婆はカップを受け皿に戻すと、小さな微笑みを僕に向けた。営業用の笑みには見えなかった。長く離れていた孫に向けるような微笑みを老婆は僕に向けた。

「すみません。そこにあったガラスのランプシェード」

僕が指した指先を追うこともなく、老婆の笑みが少し性質を変えた。心底残念そうに、老婆は首を振った。

「あれは、昨日売れてしまいました」

「ああ、やっぱりそうですか」と僕も肩を落とした。

一期一会、と僕は思った。

そのままきびすを返すのではあまりに愛想がない気がして、何か他にプレゼントになりそうなものがないかと僕は周りのものを見回した。僕の視線を受けたものたちはどれも、そこから連れ出されることを嫌がって、僕から視線を逸《そ》らし、じっと体を強張《こわば》らせているように見えた。目につくものもないまま伸ばしかけていた手を戻したとき、老婆の呟きが背後に聞こえた。

「お買い上げにきていただけると思っていたのですけど」

僕は振り返った。老婆は微笑みを元の姿に戻していた。

「よく覗いていらしたでしょう？」

「ああ。ご存じでしたか」と僕は笑った。

表から店内は見にくかったが、中に入ってみれば、ショウケースの向こうのガラス越しに、明るい街灯に照らされた商店街の通りがはっきりと見渡せた。

「昨日、買いにこられた方にお断りしようかとも思ったのですけど、その人もあれを必要とされていたようですから」

「ああ、はい」

僕は頷《うなず》いた。老婆が身元も知らない僕にそれを取り置いておこうと考えるほど物欲しそうに僕はそれを見ていたのだろうか。そう思って僕は少し恥ずかしくなった。

「あのランプシェードは」とそれが置いてあったショウケースのほうを見ながら老婆は言った。「一人のガラス職人が、ある女性を守るために作ったものです。彼女が闇に溶けることがないように心を込めて、祈りを込めて作ったものです」

闇に溶ける?

周りの商品に戻しかけていた視線を僕は老婆へと振り向けた。

「え?」

聞き返した僕に、老婆はゆっくりと視線を移した。

「溶けるのですよ」と老婆は微笑んだ。「ときとして、人は闇に溶けるのです」

「溶ける?」

「ええ。溶けるのです」

僕がたじろいだのは、老婆の言葉に狂気や狂信を見たからではない。ただの古びたランプシェードがあんなにも気にかかった理由をそこに見つけたような気がしたからだ。

「お座りになりませんか」

老婆は片隅にある古い木の椅子を示して言った。

「紅茶でも淹《い》れましょう」

僕はもう一度腕時計に目を遣《や》った。ここで時間を潰してしまえば、彼女へのプレゼントを買う時間が本当になくなってしまう。しばらく迷ったけれど、僕は老婆に示された椅子を引き寄せ、そこに腰を下ろした。どうせ今からではろくなプレゼントは見つからないだろう。いかにも間に合わせのプレゼントを持っていくぐらいなら、また日を改めて探したほうがいいような気がした。そうかといって、このまま彼女のマンションに向かうには時間が早過ぎた。会社を休んでまで彼女が今日出かけていった用事のことを考えれば、間抜けにマンションの前で彼女の帰りを待つのでは、あまりに自分が惨めに思えた。

腰を下ろした僕ににっこりすると、レジカウンターを挟んで老婆も元の椅子に腰を下ろした。マッチをカウンターに擦《こす》りつけて火をつけ、カウンターの上にあったアルコールランプに火をともした。ランプの上に据えられたガラスのフラスコには水が入っていた。どうやらそれでお湯を沸かすつもりらしい。

「少し時間がかかりますが」

同じマッチで細く長い香に火をつけながら、老婆が言った。

「よろしいですよね。あなたは私より時間がありそうです」

老婆は一振りでマッチの火を消した。このあと約束が、と言いかけてから、老婆の言った意味に思い当たり、僕は言葉を飲み込んだ。確かに、まともに天寿を全うするつもりなら、僕には老婆よりもはるかに時間があることになる。

「まあ、幸いにして」と僕は苦笑しながら頷いた。「ええ。そのようです」

「そう。幸いです」と老婆は真面目な顔で頷いた。「若いというのは、それだけで幸いなことです」

香が細く白い煙を上げた。甘い果実のような匂いが流れてきた。眠りを誘うような柔らかな匂いだった。

さて、と老婆は呟《つぶや》いて、カウンターの上で両手を組み合わせた。生活に擦り切れた手ではなかった。爪にも指先にも関節にも、老婆が過ごしてきた時間を想像することはできなかった。その両手は何の痕跡《こんせき》も刻まれないまま、ただ奇麗に枯れ果てていた。キャッツアイだろう。右手の中指には、くっきりとした白いラインで二分された蜂蜜《はちみつ》色の指輪があった。

「ランプシェードの話でしたね」

老婆が言って、僕は頷いた。

「ええ。それと闇に溶ける人の話です」

「そう。闇に溶ける人の話」

老婆は頷き、遠い記憶からそれを取り出すように、しばらくランプの炎へと視線を逸らした。ランプの炎に熱せられたガラスのフラスコがちりちりと音を立てた。閉め切られているはずの店内に、それでもどこからか風が入ったのか、香の立てる細い煙がゆらりと揺れた。出だしに迷うようにランプの炎を見ていた老婆がやがて顔を上げた。

とても古い話です。

老婆は静かにそう切り出した。

「とても古く、遠い異国の話です。ある島がありました。大陸にはない豊かな植物に飾られた緑の美しい島です。その島の港は、古くから船の重要な補給地として栄えました。港を中心に人々が集まり、小さな島には不似合いなほど大きな町ができあがりました。その港町に一人の男が住んでいました。年は、そう、二十歳辺りとご想像ください。とても腕のいいガラス職人でした」

僕は想像してみた。けれど、彼の姿は僕の頭の中でうまく像を結ばなかった。老婆が続けた。

「彼は職人には見えませんでした。一目見ただけなら、人は彼を船乗りだと思ったでしょう。彼は逞《たくま》しい男でしたし、快活な男でした。それに何よりその目が職人の目ではありませんでした。彼はとても澄んだ目をしていました。そのとき目に映したものでその色を変えるような、純粋な、そう、少年のような目です。そして現実に彼は本当は船乗りになりたかったんです。彼の父親がそうであったように」

彼の姿が僕の頭の中で像を結んできた。小さな島の海風の渡る港町に住む、少年のような目をした逞しい青年。悪くない。

「彼は小さなころから船乗りになるつもりでいました。それは希望というよりも、運命だと思っていました。彼は船乗りになる自分の将来を疑ったことはありませんでした。周りも彼は彼の父親と同じように船乗りになるのだと思っていました。彼は子供のころから弟と妹とそれから近所の仲間たちとを乗せて、小さな船をとても巧みに操って海へ出ると、釣りや泳ぎに興じていました。風を読み、天気を読み、星を読み、地形を読むのがとても上手でした。そして何より彼には、周りの人間を自然と引き寄せる魅力が備わっていました。おわかりでしょうが、そういうものは身につけようとして身につくものではありません。だから、みな、彼がやがて父親の船に乗り、そして行く行くは父親のあとを継いで、その船の船長を務めることを疑いもしませんでした。キャプテン、と彼は仲間たちから尊敬の念を込めてそう呼ばれました。周りの大人たちも親しみを込めて彼をそう呼びました。誰の目から見ても、彼がやがて本物のキャプテンになることは運命に思えました。彼の父親の乗った船が難破するその日までは」

僕らの間で、フラスコがぷちぷちと小さな泡を弾《はじ》き始めた。その泡を眺めながら老婆は続けた。

「まだ彼が幼いころに起こったことです。突然の嵐に遭い、彼の父親の船はあっけなく沈んでしまいました。いえ。確証はありません。船が出て、どこの港にも帰らなかった。それだけです。誰も見たものはありません。助かったものもありませんでしたから。けれど、彼の父親の船がたどっていた航路。そのときのその周辺の天気を考え合わせれば、他に結論はありませんでした。突然に彼の家族は主《あるじ》を失ったのです」

老婆の背後には大きな振り子時計がかけられていた。振り子は止まっていた。それはまるでひっそりと眠りについているようで、おいと僕が声をかければ、眠たげに起き出して、渋々と振り子を動かし始めるような気がした。

「彼の母親は気丈な人でした。いえ、船乗りの妻は、いつだってその可能性を心のどこかに抱えて生きているものかもしれません。長い航海で夫が留守をする夜には、何度も何度もそのことを考えたでしょう。わずかに木の枝を揺らす風の音に遠くの嵐を想像し、甲高い鳥の鳴き声を何かの予兆と感じたこともあったかもしれません。そのときに襲ってくる悲しみも、後悔も、落胆も、何度も何度も想像したはずです。ですから、彼の母親は夫を亡くしても我を失うことはありませんでした。悲しみにいたずらに時間を費やすこともありませんでした。彼の母親は自分と自分の小さな子供たちとが生きていくために必要なことだけを考えました」

フラスコの中でぽこぽこと生まれては消えていく泡たちが徐々に大きくなっていった。

「彼の母親は町の食堂に働き口を見つけました。それは難しいことではありませんでした。彼の母親も子供たちも、町の人たちから愛されていましたし、小さな子供たちを抱えた彼の母親の今後の暮らし向きについては、町のみんなが心配していたのです。何人かの人が働き口を申し入れ、彼の母親はその中で食堂の給仕という仕事を選びました。家の近くにあったその食堂の主人とは古い馴染《なじ》みでしたし、食堂の主人は彼の母親の分だけではなく、子供たちの分の賄いまでつけてくれました。けれども生活は決して楽ではありませんでした。彼の母親はそれまでの貯《たくわ》えのほとんどを夫の船に乗っていた船乗りの家族たちに分け与えてしまった上に、食堂で働いて得られるわずかな賃金も、残された家族たちに請われるままに、ときに貸し、ときには与えていました。もしものときはそうするよう、常々夫から言われていましたし、彼の母親もそうすることに何の疑問も感じなかったのです」

男とは勝手なものですね。

ことりとキャップを載せてアルコールランプの火を消すと、老婆が軽く微笑んだ。

「彼の父親は死ぬまでどころか、死んでも船乗りでした。そして彼の母親もまた、夫が死んでも船乗りの妻だったのです。ですから、彼の母親はその事故で死んだ船乗りの家族たちに頼まれれば、決して借財を断りませんでした。ときには自分が借金をしてでも、家族たちに生活のお金を貸し与えました。だから、一家の生活は貧しいままでした。そして、事故から四年が経ち、彼が十三になったとき、彼の母親は彼を働きに出す決心をしました。それまでも申し出はいくつもあったのです。彼の船乗りとしての器量は疑うべくもないものでした。ただ家族に同情したからというわけではなく、彼を自分の船に乗せたいという船主はたくさんいました。けれども、彼の母親はその申し出を頑として断り、息子に働くことすら禁じて、学校へ通わせました。しかし、いつまでも家は貧しいままでしたし、働きづめだった彼の母親の体は、いつまでも若くはありませんでした。僕に働かせて欲しいという彼の懇願に、ついに彼の母親は折れて、彼が働きに出ることを許しました。彼の母親はそれでも彼が船乗りになることだけは許しませんでした。彼には船乗り以外の職業など思いつきもしませんでした。何日か、母と息子との間で根気強いやり取りがなされました。けれど、彼は優しい息子でしたし、彼の母親はそのことを知っていました。あなたを遠く幾日も帰らぬ航海へ出したくはない。そう言われてしまえば、彼にそれ以上の言葉はありませんでした。そして彼はガラス職人の家に預けられることになったのです」

老婆が立ち上がり、僕に背を向けた。サーバーに入っていた紅茶の葉を捨てて、新しい葉をサーバーに入れると、こちらに向き直って、フラスコのお湯をそこへ注いだ。香の匂いに混ざって、ほのかに紅茶の香りが立ち上った。

「そこでその女性と出会うわけですか?」と僕は聞いた。「その、闇に溶ける女性と」

フラスコを戻し、老婆は少し考えた。

「そうでもあり、そうでもない」

「はい?」

「彼がガラス職人にならず、船乗りになっていたのなら、彼女と出会うことはなかったでしょう。けれど二人はそこで出会ったのではありません。年寄りの話は長くて、若い方には退屈かもしれませんが」

老婆は諭すように優しく言いながら、傍らにあった砂時計を返した。青い砂が下へと流れ始めた。

「途中を端折《はしょ》れない話もあるのです。あなたにもそのうちわかります」

「いえ。お話はとても楽しいです」と僕は慌てて言った。「ただ続きが知りたくて。すみません」

「謝ることはありません」と老婆は微笑んだ。「そして急ぐこともありません」

確認するような視線を向けられ、僕は頷《うなず》いた。

「ええ。そうですね。その通りです」

老婆がにっこりと微笑んだ。

「そのガラス職人の家は」と元の椅子に座り直して、老婆は話を続けた。「代々、ガラス職を営んでいました。古く、ガラスの製法が海を渡ってきたときから、その家の子供はガラス職人としての訓練を受け、多くは長男がその家を継いで自分の子供に技術を伝え、その技を洗練してきたのです。けれど、彼が預けられたとき、その家には老人が一人いるだけでした。老人はかつて若いころに島を出て、都で名を上げたガラス職人でした。そのころの老人が作ったガラス細工には同じ重さの金よりも高い値がついたと言います。しかし、ガラス職人はあるときに都を追われました。彼の作り出したガラス細工を巡って、いくつかの災いが起きたからです。ある領主の二人の息子は、次の主の地位を巡って、殺し合いを演じました。彼らが欲したのはその領地ではなく、領主の証《あかし》として与えられる彼の作ったガラスの剣だったという噂が立ちました。またある裕福な商人の妻が奉公人の娘に殺されました。まだ十にも満たなかったその娘は、商人の妻を殺したあと、彼の作ったガラスの髪飾りを盗んで姿を消したそうです。そんな災いがいくつか起こり、そして災いが起こった家はどれも没落の一途をたどりました。ガラス職人が作った細工はいつしか不吉な力を持つものと囁《ささや》かれるようになりました。もちろん、それらの災いをもって、彼の作る細工に呪わしい力があったということにはなりません。金よりも高価な彼のガラス細工を買える家ならば、それはどこも裕福な家でしたでしょうし、裕福さというものはそれだけでいさかいの原因になりうるものです。それが原因でいさかいが起こるような家は、もともとがうまくいっていなかった家でしょうし、どんなきっかけであれ、いずれは没落していく運命だったのかもしれません。ですから、何が原因で、何が結果だったのか。それは誰にもわかりはしません。けれど、彼が作ったガラス細工は、その災いの因果の源とされてしまいました。そうされてしまうほどに、それらはありうべからざるくらい美しかったのです。都を追われたガラス職人は島に帰ってきました。ガラス職人の家では、ちょうどあと継ぎが病気で亡くなったばかりでした。ガラス職人は、そのあとを継ぐように町外れのガラス工房に暮らし始めました。それ以降、彼は妻も持たず、子供も持たず、弟子も取らず、まるで自分の代でその家を潰《つい》えさせることが自分に課せられた宿命であるかのように、町外れの工房に一人でひっそりと暮らし、最低限の生活に必要な仕事だけをしながら老いていきました。ときには彼が島に戻ったという噂を聞きつけ、遠くから金持ちがガラス細工を求めてくることもありましたが、ガラス職人は決してその仕事を受けませんでした。ガラス職人はそこでコップや水差しや、あるいは子供の玩具《がんぐ》のようなつまらぬ細工を作りながら細々と暮らしていたのです。町のものとはほとんどかかわりを持とうとはしませんでした。彼の母親が、他の過分な条件を押し退《の》けて、息子をそのガラス職人の家に預けた真意を町の人たちは訝《いぶか》りました。船乗りにしたくない。その気持ちはわかる。けれど、なぜよりによってあの偏屈爺《じい》さんの家なんかに預けるのか。彼には、船乗りだけでなく、他にいくらでも仕事の申し入れがあったのです。聡明《そうめい》で、意志が強く、仲間に優しく、多くの人に慕われる。しかもまだ若く、どんな技術でも吸収できる柔軟さを持っている。そんな彼を雇い入れたいという人はいくらでもいました」

青い砂の最後の一粒が滑り落ちた。老婆は自分が使っていたのと同じ柄のティーカップに紅茶を入れて、僕に差し出した。

「どうぞ」

「いただきます」

僕はカップに口をつけた。熱過ぎない柔らかな渋みが口の中に広がった。老婆は自分のカップにも紅茶を注ぎ、一口だけ口をつけてから話を続けた。

「ガラス職人は、ほんの時折、彼の母親が働く食堂に現れることがありました。ですから、町では、彼の母親とガラス職人との関係についての下世話な噂も囁かれました。けれど、もちろん、真実はそんなところにはありません。彼の母親は、彼には何より父親が必要だと考えていました。なるほど、彼は彼の年頃の子供たちより、ずっと聡明で、ずっと大人びているかもしれない。けれど、十三の子供であることには変わりはない。彼が大人になるまでには、まだいくつもの高い壁と深い穴とが待ち受けているはずだし、彼がそれを乗り越えるためには、彼を導き、諭し、励ましてくれる人がどうしても必要だと考えたのです。彼の母親は食堂で働きながら、その相手を慎重に見極めていました。彼の母親は人の目を見る力を持っていました。船乗りや船に関する仕事をしている人は外すとしても、町にはもちろん色々な仕事がありましたし、食堂には色々な人たちがやってきました。みんな気のいい人たちでした。多くの目には善良な光がありました。中には知性を湛《たた》えた目もありました。けれど、彼の母親がその目の中に探したのは、聡明さでも、公平さでも、清純さでも、善良なものですらありませんでした。彼の母親は、相手の目の中に、ただその器の大きさだけを測っていました。贔屓《ひいき》目を抜きにしても、息子の器が並みのものではないことは明白でした。まだ未完成なその器を正しい形に仕上げるのは、それより大きな器を備えたものでなくてはなりません。そして彼の母親の目に留まったのが、そのガラス職人の目でした。彼の母親はガラス職人が店にくるたびに息子のことを雇ってくれるよう頼みました。最初はにべもなく断られました。けれども、母親は辛抱強く懇願しました。どんなやり取りがあったのかはわかりません。けれど、とうとうガラス職人は彼と会うことを承諾しました。食堂で引き合わされた彼にガラス職人が何を感じたのか、それもわかりません。が、結局は、ガラス職人は彼を雇い入れることに同意しました。彼は老いたガラス職人に連れられ、町外れの工房での生活を始めました」

いつしか香の甘い匂いが店内に満ちていた。そちらに目を遣《や》った老婆に釣られ、僕もショウケースの向こうにあるガラスから外を見遣った。相変わらず足早に通りを歩く人たちの姿があった。ガラスのこちら側と向こう側とでは違う時間が流れているみたいだった。こちらには目もくれずに通り過ぎていく人たちの中に、僕は彼女の姿を探していた。そろそろマンションに帰ってくるころかもしれない。あるいはもう、部屋に戻っているのだろうか。腕時計に目を遣ろうとしたが、老婆をせかしているように思われそうで、やめた。

「ガラス工房」と僕に視線を戻して、老婆は続けた。「そこは彼にはまったく未知の世界でした。大きな炉も材料も工具も、それからできあがった数々のガラス細工も、それまでの彼にはまったく無縁のものでした。けれど、彼がそれらに魅了されたわけではありません。彼は不器用な人間ではありませんでしたが、そうした細かい細工に興味を覚えるタイプでもありませんでした。それは仕事である、と十三歳の彼はそう割り切りましたし、老いたガラス職人もそれ以上の情熱を彼に求めることはありませんでした。実際に、老いたガラス職人は彼に仕事らしい仕事を与えませんでした。自分が作ったガラス細工を町に運び、代金をもらって帰ってくる。たまに簡単な板ガラスやコップを作らせることはありました。簡単なものであるなら、彼は数ヶ月でその技術のほとんどを身につけることができました。それは彼でなくとも、時間をかければ誰もが身につけられる程度のものでした。彼がそこでしていたのは、そんな誰にでもできるような手伝い仕事です。町へ品物を届けに行ったときには、彼は必ず港に行き、そこに出入りする船を眺めました。それがやってきた場所。それが向かう場所。彼はその場所のことを思いました。父親が事故に遭いさえしなければ、自分が行けたはずの場所でした。けれど、彼はそう思う自分を戒めました。行こうと思えば、本当に心から行こうと望めば、行けたはずだと。誰のせいでも、何のせいでもなく、今の自分は自分が選び取った場所にいるのだと」

僕はカップに口をつけた。いつの間にか、それが最後の一口になっていた。

自分で選び取った場所、と空になったカップの底に描かれた蔦《つた》模様を眺めながら、僕はぼんやりと考えた。僕は自分が選び取った場所にいるのだろうか。僕の人生の大半は成り行きで決まっている気がした。思えば、今の会社に入ったのだって成り行きだった。大学に行き、就職活動をし、いくつかもらった内定のうちから、一番働きやすそうな会社を選んだだけだ。そんな成り行きで入った会社で成り行きのままに働いていたら、契約社員として彼女が現れた。彼女が僕のいる部署に配属されたのだって、そこには必然なんてまったくなくて、やっぱりただの成り行きだろう。では、その彼女に恋をしたのは？　それもやはり成り行きだろうか。わからなかった。恋なんてすべて成り行きだとも思う。その一方で成り行きではない恋もあるとも思う。

「彼はときには母親のいる食堂へ行くこともありました」と老婆も最後の一口を飲み干してから、話を続けた。「彼はそこで母親に自分が得たわずかな賃金のほとんどを渡しました。それは弟と妹とを学校へやるためのお金でした。食堂では仲間たちと会うこともありました。仲間たちと会っても、彼は決して不平を漏らしたりはしませんでした。それはそれで結構楽しいんだ。彼はそう言いました。お前が今使ってるそのコップだって、俺が作ったんだぜ。みなは、自分たちのキャプテンがそんな場所に安んじていることに苛立《いらだ》ち、ときに激しく彼をなじりました。仲間たちの苛立ちは正《まさ》しく彼が持っているものでした。その怒りは彼を内側から蹴飛《けと》ばしているものと同じでした。それでも彼は、決してそれを表に出すことはしませんでした。一度、それを表に出してしまえば、すべてが壊れてしまうことを彼はわかっていました。仲間たちは彼に失望し、やがて自分たちの生活の場を見つけると、彼から離れていきました。あるものは船乗りになり、あるものは商人になり、あるものは家を継ぎ、あるものはもっと大きな可能性を求めて島を出ていきました。長い間、とても長い間、彼は黙々と老いたガラス職人のもとで仕事を続けました」

半分ほど燃えた香が、長くなった灰をぽとりと落とした。不意に気恥ずかしいほどの音量でクリスマスソングが聞こえてきた。何かの宣伝車が商店街をゆっくりと流しているらしい。恥ずかしげもなく鳴り響く音に、ガラスのこちら側と向こう側との時間が歩調を合わせた気がした。老婆はガラスの外を見遣り、それから空になっていた僕のカップに目を遣った。

「紅茶のお代わりは？」

「あ、いえ」と断りかけた僕に、老婆は微笑んだ。

「ご遠慮ならば無用です」

「では、ご面倒でなければ」と僕は笑い返した。「ええ、いただきます」

老婆はゆっくりとした動作でマッチを擦り、再びアルコールランプに火をつけた。ただそれだけのことをその老婆がやると、それはまるで魔法みたいに見えた。そこにともされたのは、人類が最初に手に入れたのと同じ火であるかのように思えた。

「ここは古くからやっている店ですか？」と僕は聞いた。

「ええ」

立ち上がって向こうを向き、紅茶の葉を入れ替えていた老婆の背中が答えた。

「それはもう、ずっと古くから」

僕の座る椅子のすぐ脇で、それまでずっと作り物だと思っていた白い猫が突然動き出したので、僕は驚いた。猫は大きく伸びをすると、また同じ姿で丸まった。

「あなたは？」と僕に向き直って老婆が聞いた。

「はい？」と僕は聞き返した。

「この近くにお住まいですか？」

「ああ、いえ」と僕は言った。「近くに知人の家があるんです。よくそこを訪ねるものですから」

「そうですか」

老婆が僕を見ていたというのなら、彼女と一緒にショウウィンドウを覗《のぞ》き込んでいたところも見ているのかもしれない。けれど、老婆はその「知人」との関係について、それ以上は尋ねなかった。お湯が沸くのを待ってサーバーに注ぎ、また砂時計を返すと、老婆は話を続けた。

「老いたガラス職人の家には、数々の本がありました。多くはガラス職人の技を洗練させるために代々の主《あるじ》たちが買い集めたものです。異国のものも数多くありました。もちろん、彼には異国の言葉など読めません。けれども、遠い異国で作られたその本の匂いが彼は好きでした。その本の匂いだけがかろうじて彼の中の苛立ちを鎮めてくれました」

老婆は再びカウンターの上で両手を組んだ。

「五年」

音もなくなめらかに滑り落ちていく青い砂に目を遣りながら老婆は言った。

「彼がガラス工房へやってきてから、五年の歳月が流れました。彼は十八になっていました。そのころには、ことさら習うまでもなく、見よう見まねで、彼も老いたガラス職人が作っているのと違《たが》わぬくらいのガラス細工を作れるようになっていました。それとともに老いたガラス職人の手先は徐々にきかなくなってきました。それまで流麗な形を作っていた数々の細工が、少しずつ優美さを失っていきました。他の人の目にはそれとわからなかったでしょう。けれど、間近でその仕事を見てきた彼には、それがはっきりとわかりました。彼は思い切って、言いました。あなたが持っている技術を僕に教えて欲しいと。老いたガラス職人が今作っているものなど、ほんの手慰みの細工に過ぎないことは彼も知っていました。老いたガラス職人の手には、想像もつかないくらいの技が宿っていることもわかっていました。老いたガラス職人はその技を伝えるために自分を雇い入れたのだと彼は思っていました。けれど、それに情熱を持てずにいる自分を見て、諦《あきら》めたのだと。彼は自分がそのことに安堵《あんど》していることを知っていました。船乗りになるのを諦めてもなお、彼はまだ大海原に乗り出して異国を渡り歩く自分を夢見ていたのです。老いたガラス職人からその技を学んでしまえば、自分が本物のガラス職人になりきってしまえば、その夢が本当に自分の手から離れてしまう。彼はそのことに怯《おび》えていました。だから、彼は老いたガラス職人が技を伝えようとはしないことに甘えて、誰にでも勤まるような手伝い仕事しかしてこなかったのです。けれど、これ以上その気持ちに甘えることはできない。そこまで育ててくれた老いたガラス職人に報いなければならない。彼はそう思い、老いたガラス職人に頼んだのです。その技を自分に教えて欲しいと。けれど、老いたガラス職人は思いがけないほど強い口調でそれを拒絶しました。彼はその理由を問いました。老いたガラス職人はとても悲しそうに彼を見て、答えました。お前には、才能があると。私を優に凌《しの》ぐほどの才能があると。たぶん、これまでこの家を継ぎ、技を司《つかさど》ってきた誰よりも才能があると。その答えは彼を困惑させました」

香の立てる匂いが徐々に濃密になってくるように思えた。傍らにいた猫はいつしか目を開けて、僕と同じように老婆の話に聞き入っていた。

「ここには無限の可能性がある、と溶けたガラスを指して老いたガラス職人は言いました。お前の腕がよくなれば、ここから好きな形を好きなように作ることができる。けれど、一度取った形は、もう変えることはできない。そしてその形は一瞬で決まる。一瞬で決まったその形は、永遠にそのままに残る。永遠、と彼は聞き返しました。もろいガラス細工にその言葉は似合わない気がしたからです。ガラスは簡単に壊れる、と彼はそう言いました。そうだ、簡単に壊れる、と老いたガラス職人も応じました。けれど、壊れたものが二度と形作られることはない。ならば、それは終焉《しゅうえん》ではなく永遠ではないのか。彼にはその言葉の意味はわかりませんでした。けれど、その言葉は彼を惹《ひ》きつけました。無限の可能性の中から一瞬で選び取られる終焉のない永遠」

いつの間にか砂時計の砂が落ちきっていた。老婆はサーバーを持ち上げ、二つのカップにゆっくりと紅茶を注いだ。脇の棚に置かれた陶器の人形がじれったそうに老婆を見つめ、話の続きを待っていた。

「老いたガラス職人は続けました。与えられた形は命を宿し、宿された命はそれ自体で成長を始める。成長を始めた命はやがて力を持つ。作り手の腕が優れていればいるほど、その技が磨かれたものであればあるほど、それは強い力を持ってしまう。やがてその力は暴走し、それを持つ人の運命を大きく変えてしまうだろう。それが良いほうに転がるか、悪いほうに転がるかは誰にもわからない。だから、と、老いたガラス職人はそう続けました。だから、それは作ってはならないのだと」

だったらどうして、と紅茶を注ぎ直されたカップに手をやることも忘れて僕は思った。ならばなぜ、と彼も詰め寄った。

「ならばなぜ、と彼は老いたガラス職人に詰め寄りました。ならばなぜ、あなたは僕を雇ったのですか。ああ、と老いたガラス職人は絶望的な声を上げました。老いたガラス職人が神の名を唱えるのを彼は初めて聞きました。老いたガラス職人は彼を見て、懇願するように言いました。それ以上、私を誘惑しないでくれと。私がお前に技を教えれば、お前はそれを容易に飲み尽くすだろう。そしていずれ、私より先の世界へと進んでしまうだろう。お前は私よりはるかに力を持った細工を作り上げることができるようになるだろう。それは、とてつもない力だ。私はそれを見たい。けれど、それは決して作られてはいけないものだ」

カップをゆっくりとつまみ上げ、老婆は僕に微笑んだ。

「老いたガラス職人は、己の技を伝えるものを探していたのです。己の技を受け継ぎ、さらにそれを高みへと昇華させることのできるものを探していたのです。そして彼と出会った。彼ならばできる。老いたガラス職人はそう確信し、けれどまたそのことに怯えたのです。だから彼を雇い入れながら、その技を彼に教えようとはしなかったのです」

老婆はゆっくりと紅茶を口に含むと、カップを受け皿に戻した。老いたガラス職人が苦しそうに吐き出した。

お前は悪魔か。

「お前は悪魔か。老いたガラス職人は呻《うめ》くように言いました。なぜ、死を前にして、私をそんなにも甘美に誘惑するのだ。僕は悪魔ではありません。彼は老いたガラス職人にそう言いました。あなたの技を受け継ぎ、それを正しく次のものに伝えましょう。老いたガラス職人はその誘惑に打ち勝つことはできませんでした。長い時代をかけて築かれてきた技を、己が研鑽《けんさん》を尽くして極めてきたその技を、受け継いで余りある器量を備えたものが、その技を伝えてくれと言っているのです。誠実な光を湛《たた》えた瞳《ひとみ》で。誰に断ることができたでしょう」

そこでは話が聞きづらかったのかもしれない。猫は立ち上がると、僕が膝《ひざ》の上に畳んでいたコートの上にひょいと飛び乗って、ちょこんと腰を下ろした。老婆は僕と猫とを見遣《や》りながら話を続けた。

「それから老いたガラス職人は、彼にその技を伝えることに己の命の最後の輝きを捧《ささ》げました。長い時代をかけて受け継がれ、結晶された技が作り出したガラス細工たちに彼は目を奪われました。彼は老いたガラス職人が、その職人としての魂をかけて作り上げた作品を初めて目にしたのです。それまでのガラス細工も十分に美しいものでした。しかし、そのときに作られた作品たちに比べれば、それらは所詮《しょせん》ただのガラス細工に過ぎませんでした。時間のないところに時間を生み出したのが神だとするのならば、命のないところに命を生み出したのが神だとするのならば。今、女性の立像を作っている老いたガラス職人を見ながら、彼は胸のうちで嘆息しました。この人もまた正しく神であろう、と。赤く熱せられた女性像は老いたガラス職人の手を離れ、冷やされるべく台の上に置かれました。明かり取りから差し込む日の光を弾《はじ》いた女性像は、確かに人のものではない命を宿し、この世のものではない時を刻み始めていました。無限、と彼は思いました。そこには無限の時間を生きるはかない命がありました。美しい。その姿に彼は思わず呟《つぶや》きました。自分の目が涙を流していることに彼自身がしばらく気づきませんでした。これを作れるようになるのですか？　僕が？　涙を拭《ぬぐ》うこともできずに彼は聞きました。老いたガラス職人は深い哀れみを込めて答えました。これ以上のものを、と」

　不意に振り子が動き始めた気がしてそちらへ目を遣ったけれど、もちろん振り子は止まったままだった。注意を逸《そ》らした僕をたしなめるように猫が僕の手をぺろりと舐《な》め、僕は舐められた手で猫のあごを撫《な》でながら老婆へと視線を戻した。

「老いたガラス職人に残されていた時間は決して長いものではありませんでした。けれど、彼には十分な時間でした。老いたガラス職人は、己の持つ技の最後の一滴までをも絞り出し、そして彼はそれを余すところなく飲み尽くしました。私が死んだら、ここにある作品はすべて壊してくれ。老いたガラス職人は、自分の最期を悟って、そう言いました。その作品たちは、老いたガラス職人が自分の技を彼に伝えるべく、惜しみなく心血を注ぎ込んで作り上げたものでした。都へ運べば、とてつもない値段がついたでしょう。それでなくとも、それは壊すには余りに美しいものでした。それを壊すことは罪悪である、とそのもの自身が見るものに語りかけていました。たとえ製作者の遺言だとしても、彼以外の誰にもそれに手をかけることなどできなかったでしょう。けれど彼は、老いたガラス職人が死ぬと、その遺言通りにすべての作品を完全に破壊しました。老いたガラス職人との思い出としては、それは壊すに忍びないものではありましたが、その美しさは彼にとってはもうさほどの意味を持つものではなくなっていました。そのとき、すでに彼にはそれ以上のものを作れる腕が備わっていたのです」

老婆に目を向けられ、僕は頷《うなず》いた。

「彼には才能があった」

「そう。彼には才能があったのでしょう」

老婆も頷き、続けた。

「老いたガラス職人が死ぬと、彼はガラス工房で一人で暮らし始めました。彼はまだ二十歳でしたが、その腕が広く知られるようになるまで、それほどの時間はかかりませんでした。島の港町にとてつもない腕を持ったガラス職人がいた。そのガラス職人は死んでしまったが、それを凌ぐ腕を持った弟子があとを継いでいる。都の金持ちの間で、彼の作った細工を持っていることは、その地位の証《あかし》にすらなりました。けれど、それらの細工も、彼に言わせれば暇にあかせて作った駄作に過ぎませんでした。彼は老いたガラス職人の言いつけを守り、決して作品に魂を込めることはしませんでした。それは人の運命を狂わせる。今はもう、彼もそれを知っていました」

老婆はそこで言葉を切ると、蜂蜜《はちみつ》色の指輪に視線を落とした。そこにある命のない目と見つめ合うように石を見ていた老婆は、やがて視線を上げ、話を続けた。

「ある日、一隻の船が港に着きました。その船はいつも通り生活に必要な数々の品物を島に運び込み、またいつもの例にない一団を島に運んできました。旅回りの芸人の一座でした。火を操るもの、剣を飲み込むもの、猛獣使いに、道化者。娯楽のない島では、一座はあっという間に評判を取りました。中でも評判になったのは一人の美しい唄《うた》歌いでした。褐色の滑らかな肌をした女の唄歌いは、ときに情熱的な唄を歌っては若者たちを魅了し、ときに物悲しい唄を歌っては老人たちを物思いの世界に浸らせ、ときに無邪気な唄を歌っては子供たちをあどけなくはしゃがせました。一座の興行を見ようと、多くの人たちが町の中心にある広場へと足を運びました。けれど、彼はしばらくの間、その一座の存在に気づきませんでした。彼は町外れの工房で暮らしていましたし、細工を売るために町へ出るとき以外はほとんど人と接する機会もありませんでした。それでも、時折、食堂にいる母親のもとにお金を届けに行きました。彼が一座と出会ったのも、その食堂でのことでした。ちょうど一座が食事を取っているところでした。彼の目は吸い寄せられるように一人の女の瞳に行き、彼は自分の視線をそこから剝《は》がすことができなくなりました。彼の心をとらえたのは、彼女の歌声ではなく、緑色の瞳でした。その瞳の中に、彼は自分の手では決して作り出すことのできない光を見ました。あれは誰？　彼は母親に聞きました。母親は答えかけ、けれど答えるのをためらいました。さあ、誰だろうね。声をかけようかどうか、彼が迷っているうちに彼女は食事を終え、一座のものとともに食堂を出ていってしまいました」

あれは、誰？

定例会議に見かけない顔を見つけて、僕は隣にいた同僚の女の子に聞いた。

今度入った契約社員の人。

そう、とだけ答えた僕に何を感じたのか、同僚の女の子は意味深な笑みを浮かべた。

へえ。君は年上が好みだったんだ。

「それから彼は足しげく食堂へ通うようになりました。翌日も、その翌日も、彼は彼女がくるのを待ち、彼女が一座のものたちとともに食事をするのをただ眺めました。声をかけようと思っても、何と声をかけたらいいのか、彼にはわかりませんでした。時折、彼の昔馴染《なじ》みたちが、食堂にぽつねんと座る彼を見つけて、彼に言いました。何でもいい。ただ声をかければいいんだと。あるものはからかうために、そしてあるものは彼のことを本当に思って、そう言いました。けれど、彼にはそうは思えませんでした。彼女にかける最初の言葉は何か特別なものでなくてはならない。彼にはそう思えました。しかし、彼にはその特別な言葉が思いつきませんでした」

僕が彼女に初めてかけた言葉は何だったろう？　こんにちは？　よろしく？　たぶん、そんなところだ。それから、何を話したっけ？　そう。確か、彼女がそのとき着ていた服について、とんでもなく気の利かないことを言ったのだ。そのことで、しばらくは彼女と顔を合わせていると気まずい思いにとらわれた。会議の席でも、たまたま一緒になった昼食の席でも、彼女が側にいると変に無口になってしまった。気の利かない一言を言ってしまったがためにそんなにも彼女を意識するようになったのか、あるいは最初から彼女を意識していたからそんなにも気の利かない一言を言ってしまったのか。今となってはもう、判然としない。いつからか僕は会社にいるとその視界の中に彼女の姿を探すようになっていた。そんな僕の様子を見た同僚の女の子は、何でもいいから声をかけろとは言わなかった。

あの人はやめたほうがいいわよ。

そう言ったのだ。理由を聞き返した僕に、同僚の女の子は呆《あき》れた顔をした。

あの人の左手の薬指には指輪がはまっていて、あなたは知らないみたいだけど、世間ではそれを結婚指輪って呼ぶのよ。

その指摘は僕を困惑させた。確かに彼女の左手の薬指にいつも同じ指輪がはめられていることには気づいていた。けれど、僕はそれが結婚指輪だなどとは思いもしなかった。彼女の周りにはいつもしんと澄んだ空気があった。水と呼吸と日の光だけで生きている植物が持つような清冽《せいれつ》な雰囲気が。それは結婚生活とはおよそ不似合いなものだった。

「毎日、食堂に通っていた彼が姿を見せなくなりました。しばらくはそのことについて、食堂にいた人たちは噂をし合いました。恋患いで伏せっているのではなかろうか。あるいは、彼女への思いを断ち切るために島を出たのだという人もいました。もちろん、戯《ざれ》言《ごと》です。彼はもともとがあまり人と接しない生活をしていました。一時の気の迷いが解けて、元の生活に戻ったのだろう。またそのうち、ふらりと姿を見せるだろう。大方の人はそう思っていました。けれど、彼の母親だけはそうは思っていませんでした。彼の母親だけは、息子が彼女を見たとき、その目に宿った光を正確に見ていました。その光が本物であることを見抜いていました。本当に気鬱《きうつ》になって伏せっているのかもしれない。今日も姿を見せなければ、仕事が終わったあと工房を訪ねてみよう。母親がそう思ったその日のことです。彼は食堂に現れました。変わり果てた彼の姿に、食堂にいた人たちは驚きました。長い患いにかかっていたかのように、彼の頬はくぼみ、肌は荒れ、ただその目だけが何事かを成し遂げたようなきらきらとした光を放っていました。母親は慌てて彼に駆け寄りました。彼は持っていた布袋を机に置いて、椅子に座りました。少し仕事をしていたんだ。思ったより、長くかかっちゃって。彼は母親をなだめるようにそう言って微笑みました。とにかく、息子が無事だったことに母親は安心して、仕事に戻りました。彼は一人で静かにゆっくりと食事を取っていました。たまに食堂を訪れる昔馴染みが彼に声をかけていきました。よう、キャプテン。最近、姿を見せなかったじゃないか。彼は黙って微笑むことで返事に代えました。やがて一座がいつものように食事に現れました。一座が席に着くと、彼は布袋を持って立ち上がり、真っ直ぐ彼女のもとに行きました。そして、布袋を彼女の前の机にことりと置きました。彼女が彼を見ました。彼が頷きました。彼女はその布袋を開けました。彼女が中から取り出したものを机に置いたとき、その様子を黙って見ていた店内の人たちの間から、ため息にも似たざわめきが広がりました。それは今まで見たこともないほど美しい女性の像でした。しなやかな体つき。触れれば折れそうな細い首と、意志の強そうな鼻筋。そして瞳《ひとみ》。それはまるでそのものが光を発しているかのような眩《まぶ》しいきらめきを宿していました。問わずとも、それが誰であるのかは、一目でわかりました。彼女もわざわざそれを確認することはありませんでした。みんな、あなたのことをキャプテンと呼ぶのね。彼女が初めて彼にかけた言葉でした。小さなころ、僕は船乗りになるつもりだったから。彼は答えました。そして言いました。よかったら、向こうで一緒に食事をしないか？　彼女は頷きました。彼は一座のものに断ると、彼女の手を取って、自分がついていた机に導きました。そこで二人が交わした言葉は多くはありません。彼は彼女の目を見ていました。彼女は彼を見つめ返し、それから時々彼の作ったガラスの像にそっと手を触れました。黙り込む時間が不自然に長くなると、ふと照れたようにどちらかが何かを聞き、それに対して相手が何かを答えました。言葉は二人には不要なものでした」

おかしなものですね、と老婆はくすりと笑った。

「この年になっても、恋心というのがいったい何なのか、わからずにいます。恋をしていたころは、それはわからなくてもいいものだと思っていました。それはただそこにあるのだから、わからなくともいいと。恋をしなくなってからは、わかる必要がなくなりました。それはもう二度と手には戻らないものだから、わからないほうがいいと」

「恋を、しましたか」

老婆が過ごしてきたであろう時間に思いを馳《は》せて僕は言った。

「ええ、もちろん」と老婆は微笑んだ。「それはもう、数え切れないくらいに」

「数え切れないくらいに？」

それに微《かす》かな不誠実さを感じて、僕は聞き返した。いくら数え切れないくらいに恋をしたとしても、その中で本物はたった一つだけだろう。長い時を経てなお思い出す思いはたった一つだけのはずだ。けれど老婆はあっさりと僕に頷《うなず》き返した。

「ええ。数え切れないくらいに」

ゆったりとした笑みを浮かべると、老婆はまた話を続けた。

「彼と彼女の逢瀬《おうせ》が始まりました。二人は食堂で会い、ともに食事を取り、それから夜の海岸を歩きました。二人がいつから男女の仲になったのか、詮索《せんさく》するのは野暮というものでしょう。島のものたちは、その若い二人の組み合わせを概《おおむ》ね好意的に受け止めました し、一座のものも、彼女の恋について、特に咎《とが》め立てする気配はありませんでした。その時間が続いていくことを、彼は疑いもしませんでした。けれど、彼女は違いました。彼女は旅のものでした。いずれ自分はこの島を出ていく。彼女はそれを知っていました」

その二人の逢瀬を僕は想像した。彼女に向けた彼の愛情と彼に向けた彼女の愛情。それは重なっているようで決して重なってはいない。それに気づいている彼女。それに無邪気な彼。その愚かしさを僕は笑えなかった。

無意識に手を伸ばして、僕は砂時計を返していた。さらさらと青い砂が流れ始めた。

老婆はそれに目を遣《や》ってから続けた。

「いつもの年よりも凪の季節が長引き、船の出せない日が続きました。一座は予定よりもずっと長く島に居続けることとなりました。けれども長かった凪の季節もやがて終わり、一座のものは島を離れることになりました。私は行かなくてはならない。一座と離れては私は生きていけない。彼女は彼に言いました。彼は驚きました。彼は、彼女が当然、この島に留《とど》まって、自分と暮らしていってくれるものと思っていたのです。彼は激しく彼女をなじりました。だったら、と彼女は言いました。あなたが私たちと一緒にくればいい。彼はためらいました。ためらった彼を見て、彼女は優しく微笑みました。あなたがこの島を離れられないように、私はこの島では生きていけない。彼は心を決めて、母親を訪ねました。自分を訪ねてきた息子を一目見て、彼の母親は言いました。行ってはいけないと。彼の母親は、彼が彼女の目の中に見たものの正体を見抜いていました。それは、彼が遠く子供のころに捨てたはずの、広い世界への憧憬《しょうけい》でした。長い歳月をかけて渡ってきた世界を映し続けた彼女の瞳が息子の心をとらえたのだと、彼の母親だけは悟っていました。彼の母親は泣いて彼に懇願しました。どうか島に留まって欲しいと。泣いて懇願する母親の前に、彼の心は揺らぎました。航海で最愛の夫を失い、女手一つで子供たちを育ててきた母親の気持ちを考えれば、その島を出ていくことはひどい親不孝に思えました。かといって、彼女を諦《あきら》めるつもりは、彼にはまったくありませんでした。彼は困り果てて、一座の長に会いに行きました。座長は彼女を幼いころから育ててきた親代わりでした。彼女と死ぬまで離れるつもりはないと彼は言いました。どうか彼女が島に留まることを許して欲しいと。座長は彼の目を見て、やがて深いため息をつきました。あれは一つところには暮らせぬ。座長はそう言いました。彼は言い返しました。そんなことは、やってみなければわからないだろうと。嚙《か》みつくように言い返す若者を哀れむように座長は答えました。もうずっと以前に、そうしていたことがある。彼は驚きました。彼は彼女の口からそんな話を聞いたことがありませんでした。彼女はずっと旅の空に日々を暮らしていたのだと彼は思っていました。けれど次の座長の一言はもっと彼を驚かせました。あれにはかつて夫がいたと。その男は死んでしまったのだと」

カップに伸ばそうとしていた指先がびくりと震えた。

そう。彼女には夫がいた。そして彼女はその男を失った。不幸な事故だったと聞く。彼女は指輪をつけたまま、生活のために働き始めた。そこで僕と出会った。彼女は今でもその指輪をつけている。僕はそれを外せとは言えない。そのままでいいとも割り切れない。

指先の震えを隠すために膝《ひざ》に戻した僕の手に目を遣り、老婆は続けた。

「やはり旅先でのことでした。彼女は一人の男と愛し合い、その男と結婚しました。一座のものと離れ、町に留まって、その男と暮らし始めたのです。けれど、その男は結婚してすぐに病にかかり、若くして死んでしまいました。しばらくの後、同じ町を訪ねた一座のものは、男と幸せに暮らしているものだとばかり思っていた彼女が、ひどい暮らしをしていることを知って驚きました。貧しいだけでなく、彼女自身がひどい病に冒されているように痩《や》せ衰えていました。死にとらわれている。一座で一番年かさの占い師がそう言いました。彼女は死にとらわれている。死んだ夫が彼女を諦めきれずに、その世界に連れ込もうとしている。そして彼女もそれを望んでいると。彼女を早くここから連れ出さなければ、いつか彼女はその世界に導かれてしまうだろうと」

そうね、一緒に死ねたらよかったのかもしれない。

一年前、僕が彼女に気持ちを打ち明けたとき、彼女は失った彼について初めて話してくれた。彼との出会いから、恋愛、そして短い結婚生活についても。彼女はそれを淡々と語り終えると、そう言って、僕に微笑んだ。悲しみもない。苦悩もない。変に透明な微笑みだった。その微笑みに僕は思った。彼女は一緒に死んだのだと。少なくとも彼女の一部は、その男と一緒に失われてしまったのだと。

「一座のものは、再び彼女を仲間に迎え、旅回りを続けました。長い時間をかけて、彼女は元気を取り戻したのです。もし同じところに留まれば、死は近いうちに彼女を探し当て、彼女を連れ去ってしまうだろう。座長は彼にそう言いました。彼はその言葉を笑いました。そんなのは下らない世《よ》迷言《まいごと》だと。仮に死が彼女を探し当てたところで、僕が必ず彼女を守ってみせると。その目に動かしがたい決意があることを見て取って、座長は深いため息をつきました。ならば光を、と座長は言いました。彼女のもとに決して光を絶やさぬようにと。その光で死の闇を遠ざけるようにと。彼はその言葉を持って彼女に会いました。決して光を絶やさない、と彼は彼女に言いました。僕は一生、君を愛し続けると。彼女は島に残ることを決意しました」

愚かしく無邪気な彼が、自分自身の姿と重なった。

その人のようには君を愛せないかもしれない、と僕は言った。それでも、僕は僕なりのやり方で君を愛している。

決めつけないで、と彼女は笑った。時間をかけて確かめましょう。

そして僕と彼女との付き合いが始まった。一年前のことだ。

「工房での二人の生活が始まりました。彼女が持ってきたのは、わずかな衣類と、貝殻のあしらわれた小箱が一つきりでした。これは開けないで、と彼女は笑って言いました。いずれ時がきたら見せるからと。彼はそれを大して気にはしませんでした。今まで通り、作品に魂を込めることはありませんでしたが、彼は仕事量を増やし、二人の生活は豊かとは言えないまでも、幸福に回り始めました。彼女は思いがけずに手先が器用でした。彼女は彼を手伝い、二人でそれを町に運んでお金に換え、ときには母親のいる食堂で食事を取り、果実酒を飲みました。町のものたちに請われて、彼女はそこで歌うこともありました。そしてよく二人は手をつないで海岸を歩きました。彼は幸福でしたが、時折、彼女が見せる遠くを見るような視線が気にかかりました。おそらく、彼女は旅の空にある一座のものを思っているのだろう。彼はそう考えました。そのときよりも彼女を幸福にしなければならない。彼は自分にそう誓い、懸命に働き、それからできる限りの長い時間を彼女とともに過ごすように心がけました」

時間をかければ、と僕もそう信じていた。ゆっくりと焦らずに時間をかければ、その人とともに失われてしまった彼女の一部を再び取り戻すことができると。その人と過ごしていた時間よりも幸福な時間を作り出すことができると。僕らは毎日会社で顔を合わせ、そして毎日のように夕食を共にした。半年前、初めて旅行に出かけてからは、週の半分はどちらかの部屋へと帰るようになった。今では、僕の部屋には何通りかの彼女の服があるし、彼女の部屋にもいくつかの僕のスーツがある。それは、それまで経験したことのない恋愛だった。どんなに好きだと思って付き合い始めた人とだって、ある程度の時間が過ぎれば、そこに退屈は生まれる。けれど彼女とは、どれだけ長い時間を過ごしても、退屈が生まれることはなかった。彼女の笑顔も、困った顔も、怒った顔も、拗《す》ねた顔も、何度見ても飽きることはなかった。もっと違う顔も見たいと思った。これは特別なものなのだ。僕はそう思った。そう思っていた。

「彼女が病に倒れました。最初は軽い病だと思えました。けれど、十日経ち、ひと月が経っても彼女の具合は良くなりませんでした。町の医者にもその理由はわかりませんでした。そうこうしているうちに、彼女の病は起き上がれなくなるほどに重くなってしまいました。彼はそれまでの貯《たくわ》えのほとんどを使って、都から名医と名高い医者を呼び寄せましたが、その医者にも彼女の病気の原因はわかりませんでした。それと思える薬をすべて試してみても、一向に効き目は表れません。やがて彼女は満足に食事も取れなくなるほどに憔悴《しょうすい》していきました。死が彼女をとらえたのだ、と彼は思いました。光を絶やさぬように。そう言った座長の言葉を思い出しました。光、と彼は思いました。彼は彼女の看病をしながら、その合間に工房にこもるようになりました。幾日も、幾日も、彼女のベッドと工房の間を行き来する日々が始まりました。ろくに休みもせず、ろくに食事も取らず作業を続けた彼は、ほとんど彼女と同じくらいに痩せ細り、憔悴しました。それでも彼は作業をやめませんでした。幾日も、幾日も、自分の精魂のすべてをつぎ込み続けました。死という圧倒的な闇に対抗できる光を、彼は自分が持ちうるすべての力を込めて作り上げたのです。そしてひとつのランプシェードができあがりました。そのランプシェードを彼女のベッドの脇に運び、そしてそこから決して光が消えることのないよう、常に蠟燭《ろうそく》の炎を絶やしませんでした。ガラスに閉じ込められた様々な色の光は、痩せ衰えた彼女を優しく包み込みました。その表面にかたどられた太陽と月の女神は、それぞれの光を掲げ持ち、彼女を温かく励ましているようでした。その美しい光に照らされ、彼女の病は回復していくように思えました」

僕は唇を嚙んだ。いつもうまくいっていたわけではない。気まずく黙り込んでしまうこともあったし、感情的な言葉をぶつけ合うことだってあった。けれど、根元にある彼女への感情が揺らぐことだけはなかった。その確かさを疑ったことすらなかった。

「せっかく病が良くなっている今こそ、彼女に何か栄養のあるものを食べさせなければならない。けれど、都から医者を呼び、あらゆる薬を取り寄せ、さらにすべての仕事を放り出してランプシェードを作っていた彼には、お金はまったく残っていませんでした。何か売れるものはないだろうか。彼は家中をひっくり返しましたが、もともと裕福な暮らしをしていたわけではない彼の家には、値のつくようなものは何もありませんでした。途方に暮れた彼の目に、彼女の小箱が目に留まりました」

ああ、いけない、と僕は思う。

「大したものではないにしても、いくらかの値はつくかもしれない。そう思い、彼は小箱を手にしました」

開けてはいけない、と僕は胸のうちで叫ぶ。それは、開けてはいけないものだったのだ。一度開けてしまったら、開ける前には決して戻れなくなる扉がある。開けてしまうまではそれと気づかない。その扉は何でもない顔をして僕らの前にたたずんでいる。

「ほとんどためらうことなく、彼はその小箱を開けました。そこには一枚の絵が丸められていました。彼はそれを広げました」

何の気もなかった。彼女は料理の途中でしょうゆが切れていたことに気づき、近くのコンビニへ買いに出かけていた。手持ち無沙汰《ぶさた》になった僕は、不意に手の爪が気になって、爪切りを探していただけだった。適当に当たりをつけて、僕はテレビの脇のチェストの一番上の引き出しを開けた。

「そこには花嫁飾りをつけた彼女とそれから彼の知らない男が描かれていました。幸福そうに見つめ合い、微笑んでいる二人が」

隠していたつもりもなかっただろう。隠すいわれもないものだ。ただ僕の前に出しておくのも気まずくて、そうしていただけだろう。そこには伏せられた写真たてが入っていた。僕はそれを取り出し、中に入っている写真を見た。そして動けなくなった。

僕が彼女を前から知っていたのなら、そんな感情は湧かなかったかもしれない。けれど、そこには僕と出会う前の、僕の知らない彼女がいた。今の僕よりも年下の彼女は、奇麗な真っ白いドレスに身を包んでいた。そして、幸福そうな笑みを、僕が見たことのない幸福そうな笑みを隣のタキシード姿の男に向けていた。僕が生涯決して出会うことのない男に。そこには僕を必要としない可能性があった。僕と出会わなくたって、幸せになれたはずの彼女がいた。わかっていたことだった。けれど、それが実際にあったその証《あかし》を見せつけられて、僕は自分でも驚くほどに平静を失った。激しい嫉妬《しっと》が最初にあり、絶望的な無力感がそのあとに続いた。その男と出会い、愛し合い、その男を失うことがなければ、彼女はそもそも僕と出会うことすらなかったのだ。戻れるものなら、その直前にまで時間を戻し、たとえ駄目だとしたって、そのときの彼女を生きている彼と張り合いたかった。けれど、もちろん、かなわぬことだった。

「それが裏切りではないことは彼にもわかっていました。彼はそれを承知で彼女とともに暮らしていたのです。けれど、彼はやはりその絵に傷つきました。時折遠くを見ていた彼女のあの目は、旅の空にある一座を思っていたのではなく、決して届かぬところにいるこの男を思っていたのだと」

彼女へ向けた僕の愛情は特別なものだった。けれど、彼女が僕に向けた愛情は特別なものではなかった。少なくともそれは、唯一のものではなかったのだ。そう思った。つまらぬ嫉妬だということは百も承知だった。けれどそのつまらぬ嫉妬の前に力なく萎縮《いしゅく》している彼女への愛情があった。

「蠟燭を取り替えなければいけない時間でした。けれど、彼は彼女のもとへは行けませんでした。今、自分の顔に浮かんでいるものを彼女には絶対に見せたくなかったのです」

彼女が玄関を開けた音がした。僕は慌てて写真たてを戻し、引き出しを閉じた。

ごめん、と彼女の顔をまともに見ることもできずに僕は言った。ちょっと急用が入ったんだ。

僕はそのまま彼女のマンションを飛び出した。一週間前のことだ。その後、会社で顔を合わせても、僕は彼女とうまく言葉を交わせなかった。今日の約束はしたものの、彼女のマンションに本当に自分が行く気があるのか、僕は今もわからない。

「彼はその絵を抱くようにして声を殺して泣きました。どれだけの時間、そうしていたのか。ずっと張り詰めていた緊張の糸がぷつりと切れてしまったのでしょう。いつしか彼は眠ってしまいました。そしてふと目覚め、慌てて彼女のもとへ行くと、蠟燭の灯《あか》りは消えていました。彼女を深く濃い闇が包み込んでいました。それはとろりとした、触れれば手にまとわりつくような質感を持った闇でした。彼は慌てて蠟燭に火をともそうとしました。けれどうまく火がつきませんでした。何度やってももとらない蠟燭をもどかしく投げ捨て、彼は彼女に手を伸ばしました。けれど、彼が触れた彼女の頰はすでに冷たくなっていました。彼は呆然《ぼうぜん》と彼女を見下ろしました。いつしか闇は彼女の周りから消えていました。血の気の失われた彼女の頰はとても幸福そうに微笑んでいるようでした。そう。それはまるで絵の中の彼女のように」

最後まで燃え尽きた香がぽとりと灰を落とした。それが、と老婆が静かに話を終えた。

「それがあのランプシェードにまつわるすべてです」

僕は深く息を吐いた。猫がミュアーと欠伸《あくび》をした。

「彼は?」と息を吸い込んで、僕は聞いた。「彼はその後、どうしたのですか?」

「さあ」と老婆は微笑んだ。「その後の話は残念ながら伝わっていません」

話が終わったことを悟ったように、猫は僕の膝《ひざ》を離れて、元の場所で丸まった。

「彼女は」

それでも物足りなくて、僕は未練がましく老婆に聞いた。

「誰を思って死んだのでしょう」

「誰を?」と老婆が聞き返した。

「彼か、あるいは死んだ前の夫か。最後の最後、彼女に幸福な笑みを浮かべさせたのはどちらへの思いだったのでしょう」

さあ、と老婆は首をひねった。

「それは彼女だけが知っていること」

「彼はどちらだと思ったでしょうね」

食い下がる僕に老婆は首を振った。

「それもわかりません」

「そうでしょうか」

僕は言った。僕の頭には、彼女を失い、彼女への愛さえも失い、失意の中で一人老いていく彼の姿があった。

「彼は……」

言いかけた僕を老婆がさえぎった。

「闇はそこにはないのですよ」

僕は老婆を見た。老婆も僕を見返した。

「闇は彼女の中にあるのではなく、またその男が作り出したものでもありません。それは彼が作り出したもの」

「彼が？」

「光がなければ、闇もまた存在しません。けれど、一度、光を生み出せば、闇もやはりそこに生まれます。たった一つの光から無限の闇が生まれるのです」

「ならば彼は」と僕は呻《うめ》くように聞いた。「彼はどうすればよかったのですか？」

「その闇の深さに怯《おび》える前に、それを照らす光に目を向けるべきだったのです。闇から生まれる闇などないのです。すべての闇は光から生まれます。違いますか？」

そうなのかもしれない。違うかもしれない。わからなかった。

「挑むのですよ」

俯《うつむ》く僕を慰めるように、老婆は優しく言った。

「挑む?」と僕は聞き返した。

「ええ。挑むのです。彼女にでもなく、その男にでもなく、ただ自分の中の闇に挑むのです。そこにまだ光があるのなら」と老婆は言った。「挑み続けること。闇から光を守るには、それしかないのです」

僕に何を見たのだろう。すべてを見透かしたような老婆の言葉に、僕は苦笑するしかなかった。その通りだった。僕はまだ、その闇に挑むことすらしていない。

「ええ」と僕は頷《うなず》いた。「そうですね。そうなのでしょうね」

老婆は僕にゆったりと頷き返した。立ち込めていた香の匂いが徐々に薄れ、石油ストーブの燃える匂いがそれに代わった。ふと我に返ったように、老婆が、おやと呟《つぶや》いた。

「ずいぶん、長くお引き留めしてしまいました」

「いえ」と僕は言って、立ち上がった。

「年寄りの話に付き合っていただいたお礼といっては何ですが」

僕を見送りに立った老婆はそのついでのようにひょいと手を伸ばして、棚から何かをつかんだ。

「お持ちになりませんか? ランプシェードの代わりにはならないでしょうが」

僕はそれを手に取った。鮮やかなオレンジに深い赤の混ざった奇麗な蠟燭《ろうそく》だった。

「光を」と僕は笑った。

「ええ。決して絶やさぬように」と老婆も微笑んだ。

「いただきますが、代金はお支払いします。いくらですか？」

財布を取り出した僕に、老婆もしつこく固辞するような真似はしなかった。僕はその代金を支払い、老婆はそれを持ってカウンターに戻ると花柄の包装紙に包んでくれた。

「それじゃ」

僕は包みを受け取って、コートに袖《そで》を通した。

「ありがとうございました」と老婆は言った。

「こちらこそ」

僕は笑って背を向けた。ふと老婆の手が背に触れた。振り返った僕に、老婆は摘《つま》んだ白い毛を掲げた。猫の毛がついていたらしい。

「どうも」と僕は言った。

「いえ。ほんのささやかな」と老婆はその毛をふっと吹いて言った。「アフターサービスです」

僕はその店を出た。電車の到着する合間なのだろうか。商店街に人影はなかった。目を落とした腕時計はとっくに八時を回っていた。僕は商店街を走り抜けて、彼女のマンションへと向かった。すれ違う夜の空気たちが、僕の頬と耳たぶを冷やした。前の電車から降りたのであろう人たちを抜き去り、僕はマンションの前で一つ大きく深呼吸をした。下から見上げると、彼女の部屋に明かりがついていた。僕はエレベーターを待たずに階段を駆け上がり、彼女の部屋のインターフォンを押した。彼女がドアを開けた。

「いらっしゃい」

黒いセーターを着た彼女が僕を迎えた。咄嗟《とっさ》に微笑み返せなかったのは、頰が冷え切っていたそれだけのせいだったけれど、そのせいで、不意にこの一週間の気まずさが僕らの間に立ち塞《ふさ》がった気がした。

「ごめん。遅くなった」

そう言った僕に彼女はすっと手を伸ばした。彼女の手が僕の手を包んだ。ただそれだけで、僕らの間にあった気まずさがあっけなく消えた。

「寒かったでしょ」と彼女は言った。「こんな冷たくなって」

「そうでもないよ。走ってきたから暑いくらい」と僕は言い、鼻をひくつかせた。「いい匂いだ」

「大したものは作ってないわよ。期待しないで」

今、あっためるね。

僕を部屋に招き入れて、彼女が台所に立った。僕はコートを脱ぎ、ハンガーにかけた。不意に目を遣《や》ったチェストの上にあの写真たてが置かれていた。その中には祝福された二人の姿があった。僕が見たことのない幸福そうな笑みを隣の男に向ける彼女の横顔があった。けれどその写真を見ても、僕が動けなくなることはなかった。

「どうだった?」と僕は聞いた。

「みんな、元気だったよ。お母さまもお元気そうでほっとした」

僕はチェストの前に行って、その写真たてを手に取った。ふとそこに、いつも彼女がしていた指輪が置かれていることに気がついた。

「丸三年」

僕は言って、チェストの上に写真たてを戻した。

「ええ」と彼女は僕を振り返り、ゆったりと頷いた。

彼女がコンロに向き直るのを待って、僕は指輪を手に取った。「丸三年」彼が死んで丸三年だった。三年前の今日。それは結婚して二人が初めて迎えるクリスマスのはずだった。深夜になっても会社から戻らない彼を彼女はいつまでも待ち続けた。事故の知らせは翌日の未明だったという。残酷な事実を一方的に告げる電話に耳を当て、彼女は何を思ったろう。そのときの彼女の肩を抱いて、慰めてやることは僕にはできない。僕の前には、そこをたった一人で乗り越えてきた彼女がいる。

僕は指輪を写真たての前に戻した。

彼女がテーブルに料理を並べ始めた。たぶん、僕があの店に入ったときには、彼女は部屋に戻ってきていたのだろう。いつもの彼女には似合わない、ずいぶん手のかかりそうな料理だった。

「あ、これ」

テーブルについてから思い出して、僕は蠟燭の包みを取り出した。

「クリスマスプレゼント」

包みを丁寧に開けて、彼女が微笑んだ。

「ありがとう。素敵だわ」

「ごめん。もっとちゃんとしたやつを今度までに探しておく。ちょっと予定が狂っちゃって」

「いいのよ。嬉《うれ》しい」

それじゃ、私からも。

彼女はそう言って、部屋の隅から包みを取り出した。かなり重そうに僕の前に置かれた茶色い包装紙を僕は開けた。

「あ」と僕は言った。

「欲しそうだったから。違った？」

「あ、いや、うん。欲しかった」

表面にかたどられた女神の像を撫《な》でて僕は言った。

ほんのささやかな……

老婆の最後の言葉が頭によみがえった。

アフターサービス、と思って、僕はおかしくなった。

まさかあの老婆がすべてを知っていたとは思えない。そんな話まで彼女がするはずもない。互いへのプレゼントを買いにきた一組の恋人を見て、老婆は何かを感じたのだろう。感じたままに生まれた物語を語った。いや、と僕は思った。それはたぶん、本当にそういう物語だったのだ。それでいい。

「うん？」と彼女が聞いた。「何がおかしいの？」

「いや、何でもないよ。ありがとう」と僕は言った。

「ねえ、この蠟燭、つけてみていい？」

「もちろん。そのための蠟燭だから」

彼女は蠟燭立てに蠟燭を差した。それはあつらえられたもののようにぴたりとそこに収まった。彼女はあちこちの棚を開けて、マッチを探し当てた。擦ろうとした彼女の手を止めて、僕は言った。

「あ、僕がつけてもいいかな？」

「ええ」と彼女は僕にマッチを差し出した。「いいわよ」

僕は彼女からマッチを受け取った。彼女に気づかれないよう、そっと息を吸い込んだ。

老婆がやったように魔法のようには、僕は火をともすことはできないだろう。僕にともせるのは、呆《あき》れるほどにか弱く、頼りない火だ。ささやかな風にも揺らいでしまうその小さな光を本当に守り続けることができるのか、それも今の僕にはわからない。ただ、やってみようと思う。僕の持ちうるすべての力を使って。

僕はマッチを擦ると、ゆっくりと蠟燭に灯《あか》りをともした。

FINE DAYS《ファイン　デイズ》

本多孝好《ほんだたかよし》

角川文庫 17923

本書は二〇〇六年七月に祥伝社文庫として刊行されました。

平成二十五年四月二十五日　初版発行

発行者―井上伸一郎

発行所―株式会社角川書店
東京都千代田区富士見二―十三―三
電話・編集（〇三）三二三八―八五五五
〒一〇二―八〇七八

発売元―株式会社角川グループホールディングス
東京都千代田区富士見二―十三―三
電話・営業（〇三）三二三八―八五二一
〒一〇二―八一七七
http://www.kadokawa.co.jp

印刷所―旭印刷　製本所―BBC

装幀者―杉浦康平



ほ 20-3　ISBN978-4-04-100793-8　C0193